KB0069259

약 건네는 마음

# 약 건네는 마음

처방전에는
없지만
말하고 싶은
이야기

김정호 지음

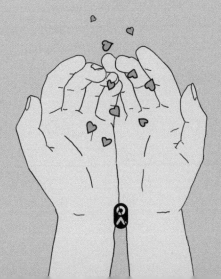

♡ 차례

1장

약간 지≥년
되는 줄 알았지

# 나의
# 약국 이야기

"너 자꾸 그러면 약사님이 '이노~옴' 하신다?"

한 아이가 울어서 통통 부은 얼굴로 약국 바닥에 드러누워 있다. 한 손에는 귀여운 상어가 그려진 비타민을 꽉 쥔 채, 마치 청소라도 하듯 이리저리 구르는 아이와 어쩔 줄 몰라 하다 내게 구원의 눈빛을 보내는 보호자의 모습은 이미 익숙한 풍경이다. 아픈 아이들이 흰 가운을 입은 사람을 무서워한다는 사실을 알아서일까? 아이들이 떼를 쓰노라면 언제나 보호자들은 나를 찾는다. 하지만 그들의 간절한 바람을 들어준 적은 없다. 그래, 언젠가 흰 가운을 벗을 때면 한번 말해볼 수도 있겠지. 그래도 지금은 말할 생각이 없다. 내가 약국을 찾아온 사람들에게 주고 싶었던 건 이노~옴은 아니었으니 말이다.

《육일약국 갑시다》라는 책이 있다. 서울대학교 약학대학을 졸업한 저자가 고향인 마산에서 약국을 개국하고, 확장하다가, 마지막에는 '메가스터디'를 설립할 때까지 내용이 담겨있다. 약사가 쓴 책 중에는 아마 가장 많이 팔린 책일 것이다. 대한민국에서 약대를 희망하거나 다녔던 사람이라면 최소한 이름이라도 들어봤을 만한, 약사들의 바이블 같은 책이다.

약대에 다닐 때 읽었던 이 책을, 내 약국의 개국을 앞둔 시점에 다시 읽어봤다. 택시를 탈 때마다 작은 동네의 아무도 모르는 '육일약국'에 가자고 말하며 자신의 약국을 홍보했던 일, 길을 물으러 약국에 들어오는 사람들에게 약국 문을 닫으면서까지 손을 잡고 안내해 줬던 일 등의 에피소드를 읽으면서, 당시의 나는 '정말 이렇게까지 했을까?'라는 의구심을 품었다. 하지만 책의 처음부터 끝까지를 관통하는 메시지 하나가 약국을 시작하는 내게 강한 영감을 줬었다.

'내 약국에 오는 사람에게 기쁨을!'

그래, 내가 주고 싶었던 건 기쁨이었다. 서로 다른 병

때문에 가지각색의 약을 찾는 사람들이 공통되게 가져갈 수 있는 기쁨, 뭐라 콕 집어낼 수는 없지만 힘겹게 입에 털어낸 약이 의외로 달달할 때 찾아오는 안도감 같은 것 말이다.

처음 약국을 열었을 때 맞췄던 흰 가운이 조금 탁해졌듯, 내 심장에 콱 박혔던 그 메시지도 조금 느슨해졌을 수 있다. 그래도 언제나 대문을 나설 때면 살짝 놓았던 비타민을 다시 그러잡는, 저 집념 강한 아이처럼 한 번 더 마음가짐을 바로잡고는 한다.

그렇게 약국에 도착하면 두 가지를 준비하는데, 첫 번째는 환기다. 우리 약국은 소아과처방을 많이 받아, 수시로 가루약을 조제하다 보니 흔히 말하는 '약국 냄새'가 난다. 보통 아침에 출근하면 밤새 갇혀있던 공기로 약 냄새가 더 짙게 나는 탓에, 업무를 시작하기 전 꼭 환기를 한다. 일반적으로 어린이들의 후각이 더 예민할 때가 많아, 조금이라도 환기를 소홀히 하면 "엄마, 약국에서 이상한 냄새 나!"라는 불평을 듣는 경우도 생긴다. 소아과처방을 받는 약국을 운영하는 입장에서는 어쩔 수 없는 부분도 있지만, 괜히 저런 불평을 들으면 미안한 마음이 들곤 한다.

두 번째는 기계점검이다. 우리 약국에는 항상 불평불만 없이 묵묵히 일하는 최우수 직원이 있다. 바로 자동으로 조제하는 기계인 ATC(Automatic Tablet Counting and dispensing), 일명 '애돌이'다. 애돌이는 도도한 구석이 있어, 열선을 미리 켜서 예열하지 않으면 작동하지 않는다. 그래서 오픈 전에 미리 켜 오늘 하루, 아무 말썽 없이 잘 작동해 주기를 바란다. 한번은 한창 바쁜 시간에 애돌이가 돌연 파업을 선언해 식은땀을 흘리기도 했다. 꾸준히 관심을 가지고 애정으로 관리해야 제 역할을 톡톡히 해주는 녀석이다.

특히 소아과 근처 약국은 오픈한 직후에 바쁘다. 어린이집에 가기 전, 아픈 아이에게 약을 먹여야 한다는 사명을 지닌 워킹맘들이 많아서다.

"민수야, 얼른 약 먹고 어린이집 가야지, 응? 착하지?"

이렇듯 약국의 아침은 약을 먹여야 하는 자와 먹기 싫은 자 사이의 팽팽한 신경전으로 눈코 뜰 새 없는 전쟁터가 된다.

약대생 시절 어렴풋이 그려봤던 약사는 찾아온 환자를 밝은 얼굴로 맞이하고, 친절한 질문에 친절한 대답을 한

다음, 웃으면서 약을 건네는 모습이었다. 그런데 막상 겪어본 약사의 삶이란 내 생각처럼 산뜻하지도, 우아하지도 않았다. 전쟁터를 방불케 하는 울음소리 속에서 진땀을 흘려야 했고, 재고유지와 출납도 능숙하게 해야 했다.

우리 같은 작은 약국은 한 명뿐인 약사가 '약국장'을 맡는데, 약국장은 조제실에 약이 일정하게 남아있는지 체크해야 한다. 그러기 위해서는 처방되는 약을 분석해 재고를 최적량으로 유지하면서, 그때그때 나가는 약을 파악하고 의약품 도매상에 주문을 넣어야 한다. 그러니까 적어도 약국을 운영하는 약사는 고고하게 손님만 응대할 수는 없다. 때론 오지 않는 약에 초조해하고, 때론 맞지 않는 숫자에 골머리를 앓아야 하는 보급관의 역할도 맡아야 한다.

물론 중간마다 일반의약품을 구매하러 오는 사람들을 응대하는 일도 중요하다. 12시 30분부터는 점심시간인데, 환자가 늦게 올 때도 있고 다른 병원에서 수액을 맞고 나올 때도 있다. 그런 환자들의 편의를 위해 우리 약국은 점심시간에도 문을 열어둔다. 그래서 식사는 늘 약국 안에서 간단하게 해결하는데, 약사가 약국장인 나뿐인지라 손님이 오면 밥을 먹다가도 응대를 해야 한다. 그래서 약국을 처음 열고 난 뒤부터는 소화가 잘 안 되기 시작했다.

일종의 직업병이랄까. 지역주민들의 건강을 챙겨야 할 약사가 소화불량이라니… 부끄러운 일이다.

하지만 간혹 그 시간에 급하게 약을 사러 오는 사람도 있어 아직 문을 닫지는 못하고 있다. 어쩌겠는가, 일부러 점심시간에 나를 찾아주는 사람이 있는데. 특히 일반의약품은 무조건 약사와 상담을 해야 살 수 있어, 아무리 사소한 약이라도 항상 직접 응대를 하고 있다.

또 환자들만 약국을 방문하는 것은 아니다. 간혹 제약회사 영업사원들이 약국을 방문할 때도 있는데 그러면 은근한 신경전이 벌어지기도 한다. 보통은 신제품을 소개하고자 방문하는데, 그들이 가져오는 카탈로그는 항상 재미있다. 약국을 연 지 얼마 안 됐을 때는 모르는 것도 많고, 설명을 듣다 보니 '어머, 이건 사야 해!'라는 마음이 든 적도 많았다. 그래서 충동구매를 하듯 약을 사서 쟁여놓곤 했었다. 하지만 몇 년이 지나도 손도 대지 않아 먼지가 뽀얗게 쌓인 제품들을 고스란히 반품해 본 뒤로는 이대로는 안 되겠다는 생각이 들었다. 그런 일을 몇 차례 겪고는 팔랑거리는 귀를 조금 진정시키고, 새로운 제품을 구비하는 기준을 만들어 꼼꼼하게 살펴보곤 한다. 그리고 이야기를 나눈 뒤 바로 구매를 결정하지 않고 영업사원을 돌려보낸다. 초보 약국장 시절에는 거절이 미안해 무리해서 약을 사기도 했다. 하지만 어쩌랴, 팔리지 않는 약으로 창고를 가득 채울 수는 없지 않는가.

아침이 벌어졌던 제1차 약국전쟁이 어린이집 가기 전에 왔던 아이들로 인해 발생했다면, 오후에 벌어지는 제2차 약국전쟁은 어린이집에서 나오는 아이들 때문에 일어난다. 이 시간에는 한 가정에서 처방전 두세 장을 동시에 가져올 때가 많아, 대기실도 금방 환자들로 붐비고 조제실도 처방전으로 가득 차고는 한다. 또 아침보다 아이들이 활발해지기도 해서 약국에서 극적인 풍경이 많이 벌어지는 시간대이기도 하다. 그러니까 뭐, 옷으로 바닥을 닦는 일 같은 것 말이다.

이쯤 되면 제3차 약국전쟁은 언제 벌어지냐 물을 수도 있다. 하지만 다행히도 그건 벌어지지 않는다. 저녁이 되면 병원들이 하나둘씩 문을 닫아서다. 그러나 내 마음은 앞전에 전쟁이 벌어질 때보다 좀 더 착잡해진다. "오늘도 고생하셨습니다"라고 말하며 약국 문을 나서는 직원을 보내면서, 약국장으로서 할 일을 해야 하기 때문이다. 우선 오후에 나간 약을 체크해 주문을 넣고, 그날 처방전을 검토하며 혹시나 놓친 부분은 있는지 살펴본다. 그 와중에 일반의약품도 판매하면서, 낮에는 시간이 걸릴 것 같아 저녁에 예약을 잡았던 단골손님의 영양상담도 진행한다.

약국을 운영하다 보면 이토록 많은 병을 이렇게나 다양한 사람들이 앓고 있다는 사실에 새삼 놀라게 된다. 그들의 입장에서는 언제나 커튼으로 가려진, 조제실 너머에서 나오는 내가 회색처럼, 무미건조하게 보일 수도 있겠다. 약대생 시절 내가 상상했던 손님들의 모습도 그랬다. 하지만 약국을 운영한 지 꽤나 많은 시간이 흐른 지금, 내게 있어 약국을 찾아오는 손님들은 저마다의 이야기를 들고 오는 색색의 알약 같은 사람들이다. 떼쓰는 아이, 당황하는 보호자, 몇 번이나 되묻는 어르신들 혹은 아픈 누군가를 위해 약을 사러 오는 모두가 말이다.

영양상담을 끝내고 약국 문을 닫는다. '오늘도 무사히 지나갔구나'라는 생각과 '내일은 어떻게 하지'라는 걱정이 동시에 교차한다. 문득 내게 박힌 메시지가 잘 있는지 확인해 본다. 이런, 그새 기우뚱해 있다. 그래도 괜찮다. 내일 아침, 대문을 나설 때면 언제나처럼 바로 잡을 테니 말이다.

한 번 먹어서 병을 물리치는 약이 잘 없듯, 한 번의 결심으로 유지되는 마음도 잘 없다. 꾸준히 약을 먹는 사람의 하루가 지나듯, 그렇게 약사의 하루도 지나간다.

**만약**
**눈이 오지**
**않았더라면**

내가 사는 도시는 눈이 잘 오지 않는다. 겨울에도 추적추적 비만 내릴 뿐, 저게 '눈'이라고 부를 만큼의 무언가가 하늘에서 내리는 일은 몇 년에 한 번 있을까 말까 하다. 그런데 그날 아침 문밖을 나섰을 때 부산에서는 꽤나 보기 힘든 광경, 세상이 온통 하얗게 덮인 풍경이 눈앞에 펼쳐져 있었다.

간만에 눈을 봐서 신나서일까, 아니면 졸업을 하고 나서도 딱히 갈 곳을 정하지 못한 스스로가 초조해져서일까? 다소 충동적인 마음으로 함께 대학을 다녔던 친구 녀석에게 전화를 걸었다. 아무렇지 않은 말투로 "야, 밖에

눈 왔다"라고 말했지만, 사실 '내 말 좀 들어줬으면' 하는
마음이 더 컸다.

우리는 벤치에 앉아 커피를 홀짝이며 진로에 대해 말했
다. 친구는 약국으로 취직한다고 했다. 어찌 보면 당연한
일이다. 약사면허를 받은 사람의 80퍼센트가 약국으로 가
니 말이다. 병원이나 회사에서 일하는 것보다 보수도 높
고, 약사가 갈 곳은 결국 약국이라는 인식 때문이다. 나는
친구의 말을 잠자코 듣다가 돌연 선언하듯 말했다.

"나는 약국은 안 가려고."

친구가 의아해하면서 물었다.

"왜? 약사의 종착역은 약국이잖아."

"그러니까, 어차피 약국에서 일해야 할 텐데. 굳이 졸업
하자마자 가기는 싫어."

여태까지 나는 생각을 거쳐 말이 나온다고 믿었다. 그
런데 그때 내가 뱉었던 말은 나조차 떠올려 보지 못한 생
각이었다. 어떤 결심은 말이 먼저 나올 때도 있다는 걸 처
음 알게 됐다. 그렇게 나는 대학병원, 그것도 야간당직을
전문으로 하는 야간당직약사로 첫 사회생활을 시작했다.


지금도 그렇지만 병원에서 일하는 약사는 업무강도에

비해 급여가 낮다. 거기에 더해, 열정을 가지고 대학병원의 문을 두드리는 젊은 약사들에게 큰 장벽이 하나 있었으니 그것은 바로 야간당직이다. 입원실을 운영하는 병원의 입장에서 약제부를 24시간 운영하지 않을 수가 없다. 하지만 가뜩이나 적은 급여로 인해 약사를 모집하기 어려운 상황에서, 야간당직까지 강제하면 정규직으로 일하는 약사를 모으기 더 힘들어진다. 그러다 보니 야간당직을 전담하는, 파트타임으로 일할 약사를 구하는 병원이 많았다.

내가 근무했던 병원도 그랬다. 오후 6시부터 다음 날 오전 8시까지, 총 14시간을 근무해야 했다. 더욱이 중간에 2시간의 휴식시간을 준다고는 하지만 야간에 근무하는 당직약사는 한 명이었기에, 급한 일이 있을 때는 그 시간조차 제대로 보장받지 못할 만큼 환경이 열악했다.

초반에는 많은 우여곡절이 있었지만, 2년 차 정도 되었을 때쯤엔 업무에 많이 익숙해져 있었다. 2년의 고생은 나의 열정을 조금 줄어들게 했지만, 업무의 요령과 상황에 대처하는 능력은 올라가 있었다. 그리고 깨달았다. 야간당직약사가 지녀야 할 최고의 미덕은 그저 티 나지 않게 조용히 그리고 큰 문제를 일으키지 않은 채 퇴근하는 것이란 사실을 말이다. 그렇지만 인생은 늘 뜻대로 되지 않는다. 그날 역시 그랬다.

"약사님, 퇴근하기 전에 내 방에 잠시 들렀다 가세요."

올 것이 왔다. 그날은 2시간 휴식시간 동안 호출 없이 꿀잠을 잤는데, 퇴근 전에 약제부장님의 호출을 받게 되었다. 어쩐지 운수가 좋더라니…. 그저 조용히 퇴근해 푹 쉬는 것만 생각했는데, 그 바람은 약제부장님의 호출과 함께 너무도 쉽게 무너져 내렸다.

'무엇 때문에 부르셨지? 내가 실수한 거라도 있나? 아니, 실수를 했더라도 간밤에 있었던 일이 벌써 약제부장님 귀에 들어갈 리가 없는데?'

일반적인 회사원의 입장에서 부장이라는 직함이 가지는 의미가 어떤지는 잘 모르겠지만, 적어도 병원약국에서 부장은 부서를 책임지는 가장 높은 상급자다. 그런 관리자에게 퇴근 직전에 불려가는 일은 전혀 유쾌하지 않다. 마른침을 삼키고 방으로 들어가자 약제부장님이 말했다.

"혹시 야간에 근무하면서 간호사 선생님들이랑 마찰이 좀 있었나요? 간호부장님 연락이 왔네요."

그제야 밤중에 있었던 사소한 해프닝이 떠올랐다. 한창 바쁜 시간이 지나고 업무가 조금 여유로워지는 새벽에,

약제부로 들어온 전화 한 통을 받았다.

"약제부죠? 여기 병동인데요, 환자분 이름으로 긴급처방 하나 나갔을 건데 그거 급한 약이라서요. 슈터로 바로 보내주세요."

당시 우리 병원에는 긴급의약품을 병동으로 바로 쏘아 보낼 수 있는 에어슈터가 장착되어 있었다. 원통형 통 안에 약과 충격을 방지하는 스펀지를 넣고, 캡슐을 닫아 병동으로 약을 날려 보내는 기계다. 처음 병원약국에서 에어슈터를 봤을 때는 무척 신기했다. 마치 새로운 장난감이라도 하나 얻은 기분이랄까.

의약품은 대면배송이 원칙이지만, 인편으로 전달하지 못할 때 에어슈터를 사용한다. 처음에는 '이렇게 좋은 운송수단이 있는데 왜 번거롭게 인편으로 전달하는 걸까?'라는 생각을 했었다. 당연한 이야기겠지만 에어슈터로 약을 보내는 데도 여러 가지 단점이 있어서다.

일단 에어슈터 자체의 크기가 작은 편이다. 그러다 보니 부피가 큰 약이나, 병으로 된 수액처럼 깨지기 쉬운 약은 넣을 수 없다. 그리고 마약류와 같은 관리의약품, 온도로 인해 쉽게 변질되는 냉장의약품 등은 에어슈터로 절대 발송해선 안 된다. 슈터가 날아가는 과정에서 고온에 노출된다고 했던가. 교육받을 때 귀에 못이 박히도록 들은 내용이다.

"네, 잠시만요. 확인해 볼게요."

나는 전화에 답하고는 의약품을 찬찬히 살펴봤다. 그리고 뒤이어 말했다.

"지금 보니 이 약은 냉장보관 해야 하는 의약품이네요. 지침상 이 약은 에어슈터로 보내드릴 수가 없어요."

2년간 근무하면서 가장 크게 깨달은 점은 '책임질 수 없는 일은 해선 안 된다'는 것이다. 중간관리자도 아닌 일개 야간당직약사가 책임질 수 있는 범위야 뻔하다. 매뉴얼대로 하는 수밖에 없다. 그 뒤로는 뻔한 레퍼토리가 이어졌다.

"급해서 그래요."

"급해도 안 되는 건 안 되는 겁니다."

"그럼 약사님이 좀 가져다주시면 안 돼요?"

"저 혼자 근무하는데 약국을 어떻게 비웁니까. 죄송해요, 병동에서 한 분 내려오시면 안 될까요?"

"저희가 너무 바쁘니깐 이런 부탁을 드리는 거죠!"

언제나 이런 식이다. 간호부에는 간호부의 사정이 있듯 약제부에는 약제부의 사정이 있다. 하지만 두 부서는 서로의 근무환경을 전혀 알지 못해서 이렇게 의견의 평행선이 좁혀지지 않을 때가 많다. 주간근무 중이었다면 나보다 상급자인 약사님께 문제가 될 수 있는 사항을 넘기면 그만이지만, 야간근무는 여건상 그것도 여의치 않다. "간호사랑 싸웠어요!" 하면서 곤히 주무시는 약제부장님을 밤중에 흔들어 깨울 수는 없지 않은가.

내 딴에는 적절히 상황을 마무리했다고 생각했는데, 급하게 달려와 숨을 헐떡거리며 약을 받아 간 간호사가 이 상황을 간호부장님께 보고한 것 같았다. 어쩐지 눈으로 살짝 레이저를 쏘고 가더니, 치사하게 고자질을 했구나.


대학병원에서 일하는 약사의 가장 중요한 업무는 의사의 처방에 대한 '검수'다. 그리고 야간당직약사는 이를 홀로 해내야 한다. 그중에서도 내게 가장 어려웠던 부분은 바로 의사와의 통화다. 특별한 상황이 아닌 경우, 입원환자들은 거의 매일 비슷한 처방을 받아 야간에 진행하는 처방검수는 특별히 어렵지 않다. 하지만 가끔 야간에 처방이 변경되거나, 매우 뜬금없는 처방이 나오거나, 용량이 이상하게 처방이 날 때가 있다. 이런 경우에는 먼저 병동에 전화해서 처방을 낸 의사의 확인이 필요한데, 대부분은 간호사를 통해 질문한다. 하지만 가끔 간호부가 바쁘거나, 다른 사정이 생기면 "지금 저희도 당직 선생님이랑 연락이 어려운데, 약제부에서 바로 연락해 보시겠어요?"라는 대답이 돌아온다.

하지만 나는 의사와 통화를 하는 게 무섭다. 혹시라도 내가 틀렸을까 무섭고, 어디선가 위급한 환자를 살리고 있을 그를 방해할까 무섭고, 내가 모르는 무언가를 되물어 올까 무섭다. 변명하자면, 의사는 전문의 제도가 정착했기 때문에 자기 전공에 관한 의약품은 아주 깊게 알고 있다. 반면에 대부분 약사는 좁고 깊은 지식 대신 모든 약을 폭넓게 알고 있어야 한다.

만약 주간근무라면 선임 약사님들께 질의하거나 부탁하면 되지만, 야간에는 오직 나뿐이다. 내가 판단하고 결정해서 행동해야 한다. 큰 결심을 하고 자고 있을 전공의 선생님에게 전화를 걸었다.

"여보세요…."

이런, 잠에서 덜 깬 목소리였다. 시작부터 미안함이 느껴지려 했다. 그래서 준비하고 또 준비한 말을 바로 쏟아냈다.

"쉬고 계신데 죄송합니다, 선생님. 처방에 대해 문의하려고 하는데요."

이어지는 나의 말을 잠자코 듣고 있던 전공의 선생님은 잠시 침묵하다가 답했다.

"그거… 교수님이 내신 처방인데요."

아뿔싸. 이제 교수님에게까지 전화를 해야 하나. 아쉽게도 나에게 그 정도의 배짱은 없었다. 다행히 그 약은 지금 긴급하게 투약해야 하는 약은 아니었기에, 전공의 선생님한테 한 번 더 확인을 부탁하고 처방전은 보류하기로 했다. 아침에 퇴근하기 전에 해당 환자의 처방을 확인해 보았더니 수정이 되어있었다. 자고 있던 전공의 선생님을 깨운 보람(?)이 있어 참 다행이라 생각했다.


대학병원을 나온 지 10년이 지났지만 가끔씩 돌이켜본다. 만약 그날 밤에 눈이 오지 않았더라면 나는 야간당직 약사로 일하지 않았을까? 병원에서 일했던 시간이 캄캄한 터널 같은 시기였다는 사실은 부정할 수 없다. 20대의 젊은 약사만이 가질 수 있는 패기로 견딘 것이지, 솔직히 지금 와서 다시 하라고 하면 절대 할 수 없을 것 같은 일이다. 그래도 눈이 오지 않아서 그래서 내가 친구를 부르지 않아 고민 없이 약국에서 일했더라면, 약사 일을 지금

처럼 오래하지는 못했을 수도 있겠다는 생각도 든다.

어떤 고민은 또 다른 흔들림을 마주할 때 비로소 그 정체가 밝혀지곤 한다. 미래에 대한 불안과 초조로 하루하루 어두워져 갔던 나는 더 어두운 터널을 통과하고서야 가까스로 제 목적지를, 아주 어렴풋이나마 알게 되었다.

# 매일매일,
# 희박한
# 승률의 싸움

컵에 물이 절반 정도 있는 걸 보고 "절반이나 있네" 하고
만족하는 사람이 있는가 하면, "겨우 절반밖에 없잖아"
하고 아쉬워하는 이도 있다. 같은 현상이나 사물을 보고
도 이렇게 엇갈린 반응이 나오듯, 똑같은 병이나 약을 두
고 받아들이는 방식은 다양하다.

문제는 몸에 직접적인 영향을 끼치는 약은 물과 다르다
는 점이다. 나도 유연하게 '이렇게도 생각할 수 있구나'
하고 넘어갈 수 있다면 좋겠지만, 직업이 약사인지라 순
순히 지나칠 수가 없다. 약사로서는 힘든 일이지만, 약국
을 찾는 사람들이 가진 약에 대한 확신은 대체로 막연한

'선입견'인 경우가 많다.


　"그런데 약사 양반, 내가 뭐 하나 물어 봅시다. 내가 지금 먹는 혈압약은 얼마나 더 먹어야 고혈압이 치료됩니까?"

　우리 약국은 소아과와 이비인후과 그리고 치과에 인접한 작은 동네약국이다. 그러다 보니 자연스럽게 소아과처방전이나 감기처방전을 가지고 오는 환자가 많다. 일반적으로 많이 알려진 만성질환인 고혈압이나 당뇨 또는 고지혈증과 관련한 처방전을 들고 오는 환자는 거의 없다. 하지만 간혹 먼 종합병원에서 받은 처방전을 들고 수고스럽게 우리 약국을 찾아주는, 고마운 환자도 있다.

　내게 질문을 하고 계신 이 어르신도 그중 한 분이다. 이분은 혈압약과 관절약 심지어는 전립선약까지 여러 병원의 약을 드시고 계신데, 3개월에 한 번씩 순회공연을 하듯 병원을 도시면서 처방전을 모아 나에게 가져다주신다.

　"약사 양반, 아직 약 남아있으니 천천히 하고 다 되면 전화해요. 바쁘면 문자 넣어줘도 되고요. 지나가면서 가져갈게요."

　약의 종류도 많고 3개월분을 한 번에 조제해야 되는 어르신의 처방은 조제 난이도가 상당히 높다. 하지만 어르신의 이런 배려 덕분에 업무에 지장이 가지 않으면서 약을 지어드릴 수 있다.

여느 날처럼 어르신께 약을 드리며 복약지도를 하는 중 언제 고혈압이 치료되느냐는 질문을 받았다. 신선한 충격이었다. 국어사전상 약의 정의를 찾아보면 '병을 치료 혹은 예방하거나 상처를 낫게 하려고 먹거나 바르거나 주사하는 물질'이라고 나온다. 그렇다면 혈압약은 고혈압이라는 병을 치료하는 물질이어야 마땅하다. 그렇기 때문에 어르신은 혈압약을 먹음으로써 본인의 고혈압이 치료되리라고 생각하신 것이다.

결론부터 이야기하면 안타깝게도 혈압약은 고혈압이라는 병을 치료하는 약이 아니다. 혈압이 일반적인 상황보다 높게 지속될 경우, 병원에서는 고혈압으로 진단한다. 사실 고혈압 자체는 크게 문제가 되지 않는다. 하지만 어떠한 원인으로 인해 평상시의 혈압이 지속적으로 높게 유지되면 문제가 된다. 따라서 혈압을 상승시키는 원인을 제거하지 않는 이상, 높은 혈압이 지속되거나 더욱 높아질 수밖에 없다. 그리고 이렇게 고혈압이 오래 이어지면 이름만 들어도 무시무시한 심근경색, 중풍, 뇌졸중 등의

심각한 심혈관계질환으로 이어질 수 있다. 즉, 고혈압으로 진단을 받고 혈압약을 복용하는 이유는 평상시의 혈압을 정상범위로 조절해 무시무시한 합병증이 오지 않도록 예방하는 것이다.

이렇듯 혈압약은 감기약처럼 며칠 먹고 끊는 약이 아니라, 꾸준히 복용해 지속적으로 혈압을 관리하고자 필요한 약이다. 계속 복용하면서 생활습관을 개선해야 하는데, 혈압약에 잘못된 인식을 가진 사람들이 참 많다.

내과의 문전약국, 그러니까 내과 바로 옆에 있던 약국에서 근무약사로 일할 때다. 당시에 약국을 종종 방문하던 제약회사의 영업사원 한 명이 있었다. 하루는 그가 내과에서 혈압약을 처방받아 왔는데, 아직 30대 중후반의 젊은 나이인 그 남자가 걱정이 되어 물었다.

"혈압이 좀 높으신가 봐요?"

"하하, 네. 아시다시피 영업이라는 게 만만치 않잖아요. 이번에 건강검진을 받았는데 혈압이 좀 높다고 해서, 약사님 뵐 겸 혈압약 처방받아 왔습니다."

멋쩍은 웃음을 지으며 본인이 근무하는 제약회사의 혈압약을 받아 가던 그를 보고, 처음에는 영업의 일종으로 본인이 일하는 회사의 약을 처방받아 가는 게 아닐까, 대수롭지 않게 생각했다. 하지만 한 달이 지나고 두 달이 지나도 영업사원은 계속 혈압약을 처방받아 왔고, 알약의 개수도 하나씩 추가되기 시작했다. 혈압약이 세 종류로 늘었을 때 걱정이 된 나머지 물어보았다.

"혈압약이 또 늘었네요. 조절이 잘 안 되시나 봐요? 약은 잘 챙겨 드시고 계시죠?"

"하하, 약사님. 잘 먹고 있죠."

역시나 멋쩍은 웃음으로 대답하지만, 젊은 남성이 혈압약을 먹어도 혈압이 잘 조절되지 않는 건 가볍게 넘길 일이 아니다. 그래서 약간 방향을 바꿔 질문해 보았다.

"영업사원 일이 많이 힘들진 않으세요? 술은 자주 드시나요?"

"옛날만큼은 아니지만 그래도 영업하는데 술을 아예 안먹을 수 있나요, 하하. 그리고 걱정하지 마세요. 술 마시는 날에는 혈압약도 안 먹고 있습니다. 술 마실 때 먹으면 간에 안 좋다면서요?"

약사로 일하다 보면 이런 경우를 많이 접한다. 술 마셨다고 꾸준히 먹던 약을 먹지 않고, 몸이 피곤하다고 먹지 않고, 또 이런저런 핑계로 복용하지 않는 사례 말이다. 물론 음주 전후에 약을 함께 먹으면 좋지는 않다. 가장 좋은 케이스는 고혈압이나 고지혈증 등의 만성질환으로 약을 먹는 사람이라면 술을 끊는 것이다. 만약 현실적으로 금주가 쉽지 않다면 술을 최대한 줄이고, 마시더라도 약은 꾸준히 복용해야 한다. 하지만 현실에는 그 영업사원처럼 약을 먹기 전의 생활습관을 바꾸지 못하고, 본래의 습관에 맞춰 간헐적으로 복용하는 사람이 많다. 특히 혈압약은 임의로 중단했다가 다시 먹었다가 하면, 혈압관리가 잘 되지 않아 용량을 늘리거나 추가로 혈압약을 처방받는 경우가 많다. 혈압이 높아진 근본적인 원인을 개선하지 않고, 처방받은 혈압약도 규칙적으로 복용하지 않는다면, 건강과는 점점 더 거리가 멀어질 수밖에 없다.

앞서 말한 어르신과 영업사원은 그래도 약을 처방받아 먹기는 하지만, 환자들 중에서는 아예 약에 대해 막연한 불안감을 가지고 복용을 주저하는 사람도 종종 있다. 이를테면 이럴 때다.

"의사 선생님이 혈압약 먹으라고 처방했던데, 일단은 안 먹고 좀 더 버텨보려고요. 평생을 먹어야 한다는데, 한 살이라도 더 나이가 들었을 때 시작하는 게 몸에 부담이 덜하지 않겠어요?"

실제로 병원에서 처방해 준다는 혈압약을 마다하고 약국에 온 환자에게 들은 이야기다. 무엇보다 환자의 입장에서 평생 약을 먹어야 한다는 점이, '나는 이제 큰 병에 걸린 사람이구나'라는 식으로 인식되는 것 같다. 그런 사람들에게는 늘 같은 말을 한다.

"혈압약은 일종의 옐로카드입니다. 일찍 먹는다고 해서 몸에 부담이 가지는 않습니다. 오히려 고혈압 초기일 때 혈압약을 드시면서 생활습관을 교정해 혈압약을 끊는 경우가 더 많습니다. 다시 한번 생각해 보세요. 의사 선생님 말씀을 따르시는 게 좋을 것 같습니다."

어떻게 보면 약사의 하루는 선입견과 싸움의 연속이다. 그리고 선입견이 무엇인지 제대로 알아야 이 싸움을 제대로 치를 수 있다. 사실 정도의 차이가 있을 뿐, 건강에 대한 염려는 누구나 갖고 있기 마련이다. 더구나 본인이 병을 앓고 고생해 봤다거나 주변의 누군가가 "이 약 좋더라" 혹은 "이 약은 별로더라"라고 말했다면 선입견이란 단단한 장벽이 생긴다. 이 장벽을 부수는 건 염려와 불안을 받아들이는 자세다. 물론 내가 이 싸움에서 이길 승산은 매우 희박하다.

하지만 이 역시 약사의 숙명이라고 생각한다. 이웃집 세탁소 아주머니는 손님들에게 뽀송한 변화를 선사해 주고, 내가 좋아하는 치킨집의 사장님은 사람들에게 맛있는 위안을 준다. 그리고 이들처럼 약사 역시 세상에 퍼진, 잘못된 약에 대한 선입견들을 고쳐나가야 한다. 비록 희박한 승률이지만, 희박하기에 이기면 더 짜릿한 성취감을 꿈꾸며 약국을 찾는 손님들을 맞이한다.

정수리
대신
눈을


약국에서 일하면서 많이 보게 된 것이 있다. 아마 열 명 중 아홉 명은 '약'이라고 대답하겠지만 아니다. 정답은 바로 사람들의 '눈'이다. 병원에서 일할 때와 달리 약국에서 일하면서 환자들을 직접 응대하게 되었다. 약국은 주로 아픈 사람들이 오는 곳인지라 많은 사람들이 흐린 눈으로 말없이 처방전만 건네곤 한다. 그러나 어떤 이는 '아픈 사람이 맞는 건가' 싶을 정도로 명랑하고 쾌활하게 말을 걸곤 한다. 그들의 눈에는 아픔이 채 끼어들지 못한 반짝임이 있다. 이런 사람들이 약국을 들렀다 가면 약국의 온도가 조금 높아진 것 같은 착각마저 든다. 좋아하는 영화의

표현을 빌리자면, 별안간 파랑새 한 마리가 날아와 회색
빛의 담장을 무너뜨린 기분이다.

좁은 약국을 오가는 건 오로지 약과 사람뿐이다 보니
자연스럽게 약뿐만 아니라 사람에게도 관심을 가지게 되
었다. 약국에 찾아오는 손님들은 다양한데, 자양강장제
두 병을 계산하고 한 병은 약사님 드시라며 말하고는 훈
훈함을 남기고 가는 손님도 있고, 때론 "뭐 이런 약국이
다 있냐"며 무례함을 흘리고 가는 손님도 있다. 혹은 눈
대신 발을 보여주는 손님도 있다.

"그래, 약사 양반. 내 발을 보니 무슨 병인지 좀 알겠소?"
할머니 한 분이 약국을 찾아오신 적이 있다. 문을 열고
내게 성큼성큼 다가오신 그분은 신발을 휙 하니 던지시고
는 투약대에 발을 턱 올려놓으셨다. 순간 머릿속이 아득
해지면서 나의 스승, 박 약사님의 말이 떠올랐다.

"약사님, 환자의 말이나 행동에 절대로 당황하시면 안
돼요. 약국 내에서 일어나는 모든 일은 약사님이 주도권
을 가지고 컨트롤할 수 있어야 합니다."

오오, 스승님. 당신의 가르침은 왜 이리도 실천하기 어
려운지요….

"네, 어머님. 얼핏 보니 무좀 같은 증상으로 보이긴 한
데… 무좀약을 좀 드릴까요?"

"무좀이면 무좀이고, 아니면 아니지! 무좀 같은 건 또
뭔고?"

다리는 좀 내리고 이야기하셔도 될 것 같은데…. 족히
80세는 넘게 보이시는 할머니가 목청도 참 우렁차시다.
저 굽은 허리로 1미터에 맞춘 투약대에 어떻게 발을 올리
신 걸까?

"하하… 정확한 진단은 병원에서 의사 선생님한테 받으
셔야 합니다. 여기는 약국이에요, 어머님."

"옛날에는 약국에서 진찰도 하고 약도 주고 다 했어!"

할머니는 나에게 눈빛으로 '쯧쯧, 젊은 약사가 영 공부
를 안 했나 보네'라고 말씀하신 뒤 무좀약을 사서 가셨다.
'할머니, 요즘은 그러다가 큰일 나요!'라는 말이 목구멍
안에서 맴돌았다.

의사와 약사 모두 흰 가운을 입고 일하며, 병원과 약국
모두 아플 때 방문하는 곳이지만 큰 차이가 있는데, 의사
는 의료법을 따르는 '의료인'으로 분류되어 환자의 병을
진단하고 '치료행위'를 할 수 있다. 반면에 약사는 약사
법을 따르며 의료인으로 분류되지 않는다. 때문에 약사는

환자를 진단하거나 치료행위를 할 수 없다.

대신 약사는 일반의약품을 판매할 수 있는 권한과 처방전에 따라 의약품을 조제할 수 있는 권한이 있으며, 의약품에 대해 전반적인 '복약지도'를 할 수 있다. 여기서 일반의약품이란 전문의약품과 달리 상대적으로 약효가 약하거나, 부작용의 우려가 낮아 의사의 처방 없이 약사와의 상담과 판단만으로 약국에서 구매할 수 있는 의약품이다.

그리고 복약지도란 환자가 처방받은 약에 대한 복용법을 설명하고, 일어날 수 있는 부작용을 미리 고지하며, 환자의 궁금한 점을 해결해 주는 전반적인 과정을 말한다. 복약지도는 너무 장황해서도 안 되며, 그렇다고 "그냥 하루 세 번 드세요"와 같이 대충 해서도 안 된다.

그래서 요즘 복약지도 트렌드는 간단하게 핵심을 전달하고 세부적인 내용은 복약안내문을 뽑아 첨부하는 것으로 바뀌었다. "나는 약국에서 복약안내문을 받은 적이 없는데요?"라고 말하는 사람들은, 약국에서 받아 온 종이봉투를 확인해 보시라. 이 봉투는 흔히 업계에서 전산봉투라고 부르는데, 약을 담는 종이봉투 앞면에 약의 종류와 효과 그리고 주로 발생하는 부작용이 인쇄되어 있다.

복약지도를 하는 순간은 약사와 손님이 가장 길게 마주

하는 순간이다. 또 약사로서 마땅히 해야 할 중요한 업무이기도 하다. 그러나 단순히 '하루에 세 번 먹으면 되지' 혹은 '의사가 어련히 알아서 잘 처방했겠지'라고 생각하며 건성으로 듣는 사람이 많다. 또 매번 똑같이 먹는 약인데 무슨 설명이 더 필요하냐고 여기는 사람도 있는 것 같다. 물론 모든 손님들이 복약지도를 성실히 들을 수는 없겠지만… 약국을 찾아온 이들에게 기울어진 관심이 약간 움츠러드는 것도 사실이다.

그리고 환자를 상대하다 보면 본인이 전에 써본 약이지만 잘 모르거나, 잘못 알고 있는 경우도 꽤 많다. 한번은 이런 일이 있었다. 이비인후과에서 만성비염으로 스프레이 형태의 콧속에 뿌리는 약이 처방된 적이 있다. 이 제품들은 서로 비슷해 보이지만 일반의약품인지 혹은 전문의약품인지에 따라 사용하는 방법이나 횟수가 다르다. 그래서 환자가 "코에 뿌리는 약 사용해 봤어요"라고 이야기해도 다시 한번 정확한 사용법을 알려주려고 노력한다. 그날도 여느 때와 마찬가지로 코 스프레이 처방이 나왔다.

"약 써봤어요. 아니깐 그냥 계산만 해주세요."

아들의 처방전을 가지고 온 손님은 내가 입을 열기 무섭게 나의 말을 자르며 카드를 내밀었다. 누구와 급한 통화를 하는지 한 손에 들려있는 휴대전화는 얼굴에서 떨어질 기미가 보이지 않았다. 손님의 무례한 태도에 기분이 썩 좋진 않았지만, 본인이 바쁘고 또 잘 알고 있다는데 어쩌겠는가. 실제로 만성비염으로 꾸준히 쓰는 사람도 많아서 그러려니 하고 간단한 내용만 설명한 채 약을 건넸다. 그리고 그날 저녁, 약국을 마감하려는데 전화가 왔다.

"아까 코 스프레이 받아 간 사람인데, 이거 하루에 몇 번 뿌리면 돼요?"

목소리만 들어도 누군지 바로 떠올랐다. 약사는 손님이 궁금해하는 부분은 솔직하게 알려주어야 한다. 하지만 내 말을 끊고, 본인이 잘 안다고 낚아채듯 약을 가져간 사람이다 보니, 왠지 그날따라 한마디가 하고 싶었다.

"혹시 아까 써보셨다고 그냥 약 받아 간 분 아니세요?"

손님은 잠시 머뭇거리더니 도리어 화를 낸다.

"아… 아니, 써봤으면 물어도 보면 안 되는 거예요? 별꼴이야, 정말!"

물론 써봤다 해도 얼마든지 물어봐도 된다. 환자의 궁금증을 해소하고 약을 올바르게 사용하도록 돕는 것이 내 일이니깐. 실제로 내가 설명을 해도 오후 늦게 다시 약에 대해 문의해 오는 사람들도 종종 있다. 이런 경우에는 '내 설명이 부족했구나, 앞으로 더 잘 이해하도록 설명해야지'라는 생각이 들어, 과도하게 친절을 곁들여 다시 설명한다. 하지만 스스로 다 아는 것처럼 약을 받아 간 사람이 뒤늦게 전화로 사용법을 문의하면, 나도 불쾌한 느낌이 들 수밖에 없다.

약국에는 눈을 마주 보며 인사하는 손님도, 때로는 발을 꺼내며 말을 건네는 손님도 있지만 그에 못지않게 눈조차 마주치지 않고 휴대전화만 바라보는 손님도 많다. 이런 사람들은 약이 조제되어 이름을 불러도 듣지 못한 채 고개만 푹 숙이고 있다. 이름을 여러 번 부르면 그제야 투약대로 오는데, 그런 사람들은 대개 얼굴보다 정수리를 보여준다. 이들에게는 정중하게 말하곤 한다.

"바쁘지 않으시다면 하고 계신 일이 끝난 뒤 약을 드리겠습니다."

파랑새는 보기 드물다. 아니, 오히려 보기 드물기 때문에 영화에서도 담장을 무너트리는 새가 파랑새라고 말했을 것이다. 눈을 빛내며 말하는 것까지는 바라지 않더라도 서로 눈을 마주치는 일, 그럼으로써 찰나일지언정 내가 당신의 아픔에 '슬퍼요' 이모티콘을 남길 수 있게 하는 일, 너무 어려운 것일까.

# 이 약,
## 드셔보셨나요?

출근길에 종종 테이크아웃을 해주는 카페에서 커피를 사마신다. 다섯 평 남짓해 보이는 작은 공간에 운영하는 그 카페는 간이 테이블조차 없다. 즉, 공간을 제공하지 않는 대신 저렴한 가격에 커피를 제공하는, 카페인 공급소인 셈이다. 반면 거기서 조금 더 걸어가면 나오는 프렌차이즈 카페는 안락한 의자와 테이블, 쾌적한 냉난방기를 갖춘 대신 커피의 가격은 테이크아웃 카페보단 다소 비싸다. 커피보다는 공간과 분위기를 내주는 느낌이랄까.

이렇게 같은 카페라도 각각의 영업전략은 다르다. 테이크아웃 카페는 상대적으로 저렴한 가격을 내세워 더 많은 손님을 확보하는 것을 목표로 한다. 반면 프렌차이즈 카페는 커피를 마실 수 있는 공간을 제공해 고객 한 사람당 매출을 높이는 전략을 취한다. 카페에 앉아 친구랑 수다를 떨면서 하나둘 시킨 커피와 빵 가격이 어지간한 음식보다 비쌌던 경험, 아마 다들 있을 것이다.

약국도 마찬가지다. 테이크아웃 카페 느낌의 약국이 있는 반면, 프렌차이즈 카페처럼 대형약국도 있다. 그리고 대부분 약국은 테이크아웃 전문 카페와 비슷한 점이 많다. 보통 대기공간에는 의자를 가져다 놓지만, 약을 구매하거나 복약지도를 받는 투약대에는 의자가 없을 때가 많다. 약값을 치르는 일 역시 별도의 수납창구가 아닌 투약대에서 이뤄진다. 약국을 방문하는 환자 한 명마다 긴 시간을 투자하기보다는 많은 사람을 받아 매출을 올리는 구조다. 그래서 기본적으로는 잘되는 약국은 처방전을 많이 내주는 병원 인근에 위치하거나, 유동인구가 많은 길목에 있어 방문객 수가 많은 약국일 때가 대부분이다.

물론 유동인구가 별로 없는 곳에서도 훌륭하게 약국을 운영하는 약사님도 있다. 참여 중인 약사모임에 강사로 활동하는 약사님이 있는데, 처방전이 거의 나오지 않는 병원 인근에서 약국을 운영하고 있다. 그 약사님의 약국은 하루에 오십 명도 안 되는 손님 수에 비해 믿을 수 없을 만큼 매출이 잘 나오고 있었다. 나중에 듣기로 꽤 먼 곳에서 그 약사님한테 상담을 받고자 찾아오는 환자도 많다고 한다. 그래서 좁은 평수의 약국이지만 앉아서 이야기할 수 있는 상담실이 있으며, 많은 환자들이 예약을 통해 상담을 받는다고 한다. 방문자 수는 적지만 매출은 높은, 프렌차이즈 카페 같은 약국인 셈이다.

내가 운영하는 약국은 대부분 약국과 비슷한 테이크아웃 카페 느낌의 약국이다. 병원에서 처방전이 많이 나오지도 않고, 그렇다고 멀리서 찾아오는 단골이 엄청 많지도 않다. 그래서 멀리서 찾아오는 손님들에겐 언제나 감사하고 있다. 어쨌거나 그러다 보니 처방전으로 약을 조제해 복약지도를 하는 중간에 일반의약품을 사려는 손님도 응대해야 한다. 그 와중에 상담을 원하는 사람은 따로 대화도 해야 한다. 근무약사를 한 명 더 두기는 애매한 사이즈의 1인약국. 나와 같은 평범한 약국은 약국장이 커버해야 할 업무의 범위가 넓어, 여러 가지 일을 효율적으로 처리하는 기술이 필요하다.

여기에는 다양한 기술이 있다. 그중 하나가 바로 효율

적인 상담기술, "드셔보셨나요?"라는 멘트다. 복약지도
와 상담을 빠르고 유연하게 하려면 상대가 약에 대해 어
느 정도 알고 있는지 파악하는 게 중요하다. 고혈압으로
꾸준히 혈압약을 받아 가는 사람에게 올 때마다 "이 혈압
약은 혈관을 확장시켜 혈압을 떨어뜨리고…"라는 설명을
늘어놓으면 말하는 약사도, 듣는 환자도 피곤하다. "전에
드셨던 혈압약과 같은 약이 한 달 치 나왔습니다. 드시고
불편한 점은 없으셨나요?"라는 식으로 복약지도를 진행
하면, 말하는 약사도 편하고 듣는 환자도 편하다.

"드셔보셨나요?"라는 말이 가진 또 하나의 유용함은
환자가 올바르게 약을 선택하는 데 도움을 준다는 점이
다. 일반적으로 본인이 사용했거나, 주위에서 추천을 받
거나, 광고를 보고, 특정한 제품을 약국에서 바로 지명할
때가 있다. 이런 경우 잘 체크해 보지 않고 원하는 제품을
그대로 건네면, 잘못 사용해 환자가 부작용을 겪을 때도
있다.

"과산화수소 하나 주세요" 같은 말은 일주일에 한두 번
이상 듣는 말이다. 이런 사람들에게는 그냥 제품을 건네
기 전에 꼭, 물어보아야 한다.

"과산화수소 말씀하시는 건가요? 상처소독에 사용하시

려는 건 아니시죠?"

과산화수소를 상처에 사용하면 물과 산소로 분해되면서 상처를 소독한다. 소독효과는 분명 있지만 문제는 그 과정에서 정상적인 세포와 조직에까지 손상을 줄 수 있다는 점이다. 격동의 1970~80년대를 살아온 사람들은 어릴 때 사용했던 과산화수소의 추억(?)을 오늘날에도 재현하고 싶은 것 같다.

"상처소독에 쓰려고요. 왠지 거품이 안 나면 소독되는 느낌이 안 나더라고요."

네, 그 거품이 나면서 환자분의 세포도 비명을 지르게 됩니다.

말했듯이, 과산화수소는 정상세포에도 손상을 줘 요즘에는 사용하지 않는다. 그래서 포비돈요오드나 맑은 소독약처럼 저렴하면서도 효과가 좋은 약을 상태에 맞게 권하고 있다.

비슷한 이유로 에탄올도 상처소독약으로는 잘 권하지 않는다. 상처 난 피부에는 자극이 심해 통증을 유발할 수 있어서다. 특히 팬데믹 이후로 가정에 에탄올을 비치해 두고 수시로 쓰는 사람들이 많아졌기 때문에, 에탄올을 구매하는 사람들에게는 꼭 "마른 피부나 물건을 소독할 때만 사용하시고 상처에는 쓰지 마세요"라고 말한다.

이렇듯 "드셔보셨나요?"는 약사에게 있어 필수적인 복약지도 기술이다. 하지만 편리하다고 해서 무턱대고 사용하다 보면 부작용이 생기는 법. 나 역시 "드셔보셨나요?"와 얽힌 부끄러운 기억이 있다.

사건은 한 선배가 운영하는 소아과 근처 약국에서 아르바이트를 할 때 일어났다. 당시 선배의 약국은 어마어마하게 환자가 많았다. 특히 오후 4시가 지나면 시작되는 어린이집 하원 시간대에는 밀려오는 아이들을 응대하느라 바짝 긴장해야 했다. 조제실에는 가루약을 조제하는 믹서가 쉴 새 없이 돌아가고, 선배는 조제실을 관리하느라 복약지도는 온전히 나의 몫이었다.

보통 여러 환자들의 약이 섞이는 걸 방지하기 위해 조제된 약은 플라스틱 바구니에 담겨 나오는데, 내 뒤에 바구니가 쌓여가는 게 돌아보지 않아도 느껴질 정도였다. 대기실도 당연히 엉망진창. 수많은 아이들이 마치 놀이터에라도 온 마냥 뛰어다니고, 비타민 사달라고 떼쓰고, 함께 온 보호자들은 지쳐서 의자에 쓰러지듯 앉아있었다. 이렇게 바쁘게 복약지도를 하는 순간에야말로 "드셔보셨나요?"라는 상담기술은 큰 힘을 발휘한다.

그러던 와중에 20대 중반 정도로 보이는 여성이 처방전을 들고 약국으로 왔다. 순서상으로 그 손님의 약을 가장 마지막에 건네야 했지만, 그 약은 곽에 들어있던 약 한 알만 챙기면 되는 간단한 처방이어서 가장 위에 올라와 있었다. 그때 나는 바구니에 든 처방전을 투약대에 놓으면 자연스럽게 복약지도가 나오는, 마치 기계 같은 상태였다.

"먹는 약, 한 알 나왔고요. 드셔보셨죠?"

미처 처방전의 내용을 확인하기 전에 습관적으로 "드셔보셨죠?"라는 말이 먼저 나왔다. 그리고 처방전을 확인했는데, 이럴 수가! 사후피임약 처방이었다. 그러니까 졸지에 나는 생면부지의 여성에게 사후피임약을 여러 번 먹어본 사람이라는 딱지를 붙이고 만 셈이다.

'뭐라고 해야 하지? 사과해야 하나? 그냥 오늘은 내가 조제실 담당한다고 말할걸.'

잠깐의 정적 사이에 정말 많은 생각이 오갔다.

"네…."

하늘이 노랗게 보인다는 게 이럴 때 쓰는 말일까. 하지만 대기환자도 많았고, 내가 민망해하면 오히려 환자가 더 민망해질 수 있겠다는 생각이 들자 빠르게 복약지도를 진행했다.

"식사와 관계없이 최대한 빨리 드시고요, 좀 울렁거릴 수 있는데 구토는 참을 수 있으면 참으셔야 해요. 혹시나 드시고 30분 이내에 구토할 경우에는 병원에 말씀하셔서 추가로 처방받으시는 걸 권합니다."

피크타임이 지난 후 선배에게 이 이야기를 전달했더니 웃으며 별일 아니니 잊으라고 했다. 그날 이후로는 아무리 바쁘더라도 반드시 처방전을 확인한 다음 복약지도를 하고 있다.

**2장**

알약 하나로
이렇게나 우당탕

# 약사는
# 약장수가
# 아니기에

어려서도 그랬지만 나이를 조금 먹었다고 말할 수 있는 지금도 여전히 남에게 싫은 소리는 말하기 힘들다. '말해야지… 말해야 하는데…'라는 생각을 머금고 있을 때면 누군가 불쑥 내민, 뜻도 모르겠고 왜 풀어야 하는지도 모르겠는 문제지에 정답을 체크해야 하는 기분이 든다. 그런데 항상 느끼는 건 문제지에 정답이 없는 것 같다는 점이다. 내 마음은 '아, 3번은 너무 심하고 4번은 너무 알아차리기 힘든데… 3.5번 없나?'라며 3번과 4번 사이에 무수한 밑줄을 그린다. 그러고는 결국 뜬금없이 1번, '다 괜찮아요'란에 체크를 해버린다. 이렇듯 싫은 소리를 내뱉는 대신 언제나 꾹 삼켜버리는 나지만 그러지 못하는 순간이 있다. 바로 흰 가운을 입었을 때다.

한가한 어느 오후, 중년남성이 약국으로 들어섰다. 남자는 주머니에서 구겨진 종이 한 장을 꺼내 내밀었고, 펼쳐보니 다른 약국에서 발행해 준 복약안내문이었다. 남성은 서너 가지 약을 복용하고 있었는데, 그중 유독 한 제품이 동그라미로 여러 겹 표시되어 있었다.

"다른 게 아니고 제가 얼마 전에 콜레스테롤 진단을 받아 이번에 약을 처방받았는데, 안내문에 궁금한 내용이 있어서요."

"저희 쪽에서 조제하신 약은 아니네요. 처방받은 약국에 문의하시는 게 좋을 거 같은데요?"

사실 처방받은 약에 대한 궁금증은 어지간하면 약을 조제한 약국에 문의하는 게 좋다. 의사의 처방전을 확인하고 조제한 약사라면 대략 어떤 이유로 약을 처방한 것인지 짐작할 수 있고, 무엇보다 꾸준히 방문했다면 누적된 조제기록이 환자와의 상담에 큰 도움이 되어서다. 나 역시 약국에 자주 오는 환자들의 특이사항은 아주 사소한 것이라도 차트 프로그램에 기록해 두고 있다.

"네, 그렇긴 한데… 거기가 종합병원 근처 약국인지라 늘 바빠 통화가 잘 안 되더라고요. 혹시 안 될까요?"

'내가 한가해 보여서 들어오셨다는 건가?'라는 생각이 잠깐 스쳤지만, 조심스럽게 되물어 보는 상대의 질문을 거절할 순 없었다. 그리고 약사 입장에서도 환자와 상담을 하면 배울 점이 많아 시간이 있다면 환자와 대화를 하는 게 좋다.

"그러셨군요. 마침 저도 잠시 시간이 됩니다. 무엇이 궁금하신가요?"

"이번에 처방받은 콜레스테롤약이 있는데, 인터넷을 보니 자몽주스와 함께 먹으면 안 된다는 이야기가 있어서요. 자몽주스라는 게 정말 그렇게 독한가요?"

자몽주스는 사람들이 카페에서 주문해 마시는 흔한 음료지만, 약사에게는 그 의미가 다르다. 왜냐하면 자몽주스는 약대 공부의 꽃, 약물학 교과서에도 실려있는 약과 음식 간 상호작용의 대표이기 때문이다. 만약 주변에 본인이 약사라고 주장하는데 뭔가 의심스러운 사람이 있다면 자몽주스와 약을 함께 먹어도 되는지 물어보길 바란다. "응, 상관없지"라고 대답한다면 그 사람은 약사가 아니다. 100퍼센트 확신한다. 그 정도로 자몽주스는 약사에게 있어서 특별한 음료다.

자몽주스는 특정한 의약품의 작용시간을 늘린다. 의약품의 작용시간이 길어진다? 얼핏 '약효가 오래가서 좋겠네'라고 생각할 수 있지만 천만의 말씀이다. 자몽주스와 같은 외부요인으로 의약품의 작용시간이 길어지거나 짧아지면 예상치 못한 부작용이 발생할 수 있다. 약을 처방한 의사가 의도한 것보다 효과가 더 강하게 나타나거나, 약효가 일정하지 않아 부작용이 생길 수도 있는 셈이다.

다행히 이 남자가 처방받은 콜레스테롤약은 자몽주스와 상호작용이 크지 않은 약이었다. 그래서 아주 많은 양의 자몽주스를 꾸준히 마시는 게 아니라면 걱정하지 않아도 된다고, 자몽주스 자체가 독성이 강한 것은 아니니 안심하라고 알려주었다.

이렇게 손님이 원하는 답을 줄 수 있을 때는 그래도 마음이 덜 불편하다. 하지만 손님이 원하지 않는, 싫은 소리를 해야 할 때가 있는데 "이 약과 저 약 같이 먹어도 되나요?" 같은 질문을 받을 때가 그렇다.

약이란 특정한 효능을 내기 위해 정제된, 특정한 물질들의 집합이다. 비록 알약의 크기는 작을지언정 그것이

인체에 일으키는 효과는 결코 작지 않다. 실제로 환자들이 호소하는 대부분의 부작용은 약물 간의 상호작용에 의한 경우가 많다.

더군다나 요즘처럼 성인병이 만연한 사회에서는 고혈압이면 고혈압, 고지혈증이면 고지혈증 등 하나의 만성질환만 달고 있는 경우는 드물다. 따라서 종류가 서로 다른 두 가지 이상의 약을 함께 먹게 된다면, 복용법과 주의사항을 꼭 약사에게 물어 복약지도를 받아야 한다.

하지만 현실은 녹록지 않다. 실제로 자신이 어떤 약을 복용하는지 정확히 모른 채 내게 질문하는 손님을 만날 때가 상당히 많다. 이를테면 감기약을 처방받으면서 "제가 지금 혈압약을 먹고 있는데, 같이 먹어도 되나요?" 같은 질문들이 그렇다.

'혈압약'이라는 단어를 듣는 순간 머릿속에는 각각의 다른 기전을 가진 혈압약들이 나열되면서, 서로 다른 부작용과 상호작용이 스쳐 지나간다. 말하는 환자의 입장에서는 단순한 혈압약인지 모르지만, 듣는 약사의 입장에서는 서울에서 김 서방 찾으라는 말과 비슷한 느낌이다.

"혹시 드시고 계신 혈압약, 제품 이름이 뭔지 아세요?"

"아니요. 동그랗고 흰 약인데, 이름은 잘 몰라요."

한국에서 시판 중인 혈압약의 종류는 얼마나 될까? 모르겠다. 자몽주스를 파는 카페 수와 비슷하려나. 이런 손님들을 만날 때면 마치 고장 난 장난감을 들고 와서 '아빠는 무엇이든 할 수 있지?'라고 말하는 듯한, 초롱초롱한 눈으로 "고-쳐!"라고 말하는 세 살배기 아들을 대할 때와 비슷한 느낌이다. 동그랗고 흰 약은 정말 많은데… 참 어렵다.

약물의 상호작용에 대해 잘못된 정보를 가진 사람들도 많다. 대표적으로 '어떤 약을 먹던지 간에 30분 정도 간격을 두면 괜찮다'라는 믿음을 들 수 있다.

"지금 처방받으신 약은 원래 드시던 약과 함께 드시면 안 됩니다."

"아, 그래요? 알겠어요. 그럼 30분 정도 있다가 먹을게요. 원래 먹던 약 먹고 30분 정도 지나면 이 약 먹으면 되는 거죠?"

복약지도를 하다 보면 이런 대화가 오갈 때가 매우 흔하다. 하지만 사실 흡수단계에서 영향을 주는 일부 의약품을 제외하고, 복용시간을 조절하는 것은 상호작용을 예방하는 데 도움이 되지 않는다. 원하는 말을 해주지 못해서 미안하지만… 약사로서 3.5번에 체크할 수는 없기에 이런 질문들을 들을 때면 정확히 '안 된다'고 설명한다.

이전에는 코로나치료제와 다른 약의 상호작용에 관한 문제가 많이 발생했다. 당시 코로나치료제는 개발된 지 얼마 되지 않아 상호작용에 관한 데이터가 적었다. 특히 코로나치료제는 고령자와 같은 고위험군에 주로 처방되므로 더욱 문제였다. 고령환자들은 거의 대부분이 한두 가지 이상의 만성질환약을 복용하는 경우가 많기 때문이다. 한번은 이런 전화를 받은 적도 있다.

"저희 아버지가 약국에서 코로나치료제를 받아 오셨는데요, 의사 선생님이 이 약을 먹는 동안에는 원래 드시던 콜레스테롤약을 드시지 말라고 하던데… 괜찮은 건가요?"

코로나 확진을 받고 약국에 방문하셨던 할아버지의 아들이었다. 연세가 많은 아버지가 코로나에 걸린 것도 걱정되는데, 평소에 콜레스테롤약이나 혈압약 등 드시는 약이 많으셨던 모양이다. 특히 할아버지가 현재 복용하시는 콜레스테롤약은 코로나치료제와 상호작용이 크다고 알려져 있어, 병원에서 코로나치료제를 드시는 동안에는 콜레스테롤약을 드시지 않도록 안내를 했던 것이다.

"코로나치료제와 콜레스테롤약을 함께 드시면 독성이 강해질 때도 있어 그렇습니다."

"콜레스테롤약을 그런 식으로 조절해서 먹어도 괜찮은 건가요?"

휴대전화 너머로 아버지를 걱정하는 아들의 마음이 느껴졌다. 하지만 '100퍼센트 괜찮습니다'라고 말할 순 없었다. 나는 어떻게 말해야 손님이 안심할지 잠시 고민한 후 답했다.

"판단은 의사 선생님이 하는 것입니다만, 이 경우에는 '괜찮습니다'라고 말하기 보단 '어쩔 수 없습니다'라고 말씀드리고 있습니다."

"네, 알겠습니다. 감사합니다."

감사하다고 말하고 전화를 끊는 상대방의 인사에서 왠지 모를 아쉬움이 느껴졌다. 아마도 그는 나에게 "괜찮다"는 이야기를 듣고 싶었을 것이다. 상대방이 어떤 말을 듣고 싶은지 뻔히 아는 상태에서 그 말을 해줄 수 없는 상황은 언제나 안타깝다.

'상대방이 원하는 말은?'이란 물음에는 답변하기 쉽다. 그러나 '내가 해야 하는 말은?'이란 질문에는 대답하기 힘들다. 원하는 말과 할 수밖에 없는 말 사이에는 나와 너의 관계와 감정, 입장과 이해라는 무수한 변수가 있기 때문이다. 가지처럼 뻗어나간 각각의 사유들을 헤아리다 보면 3번과 4번이라는, 확정된 대답 사이에 무수한 3.5번들이 떠오른다.

약도 마찬가지다. 같은 약이라도 사람마다 약효가 다르게 나타나고, 약의 가짓수가 추가되면 고려해야 하는 경우의 수도 기하급수적으로 늘어난다. 그래서 약을 공부할수록, 영양학을 공부할수록, "이것을 먹으면 무조건 낫습니다"라던가 "지금 건네는 약은 드시던 약과 같이 드셔도 아무 문제가 없습니다"와 같은 확정적인 표현이 어려워진다. 그래서인지 장터를 전전하는 약장수들은 너무나 쉽게 내뱉는 말을, 진짜 전문가인 약사들은 할 수가 없다.

# 이름 잘못 말하기
## 대참사

"여보, 아기 먹는 요거트가 다 떨어졌네. 오늘 먹이면 끝이야."

"그래? 새벽배송으로 주문해 놓을게."

세상이 편해졌다. 앉은 자리에서 휴대전화를 몇 번 터치하면 주문부터 결제 그리고 배송까지 한 번에 진행할 수 있다. 처음 인터넷 쇼핑이 도입됐을 때만 해도 주문부터 배송까지 사흘 정도는 소요됐다. 그래서 신선식품은 가까운 마트에 가서 구매해야 했는데, 놀라운 유통구조의 발전은 '새벽배송'이라는 이름으로 유제품과 같은 신선식품까지 범위를 확장했다. 덕분에 우리 아기가 하루에 하나씩 먹는 요거트뿐만 아니라, 식재료도 오늘 주문하면 내일 받을 수 있어 냉장고 역시 가벼워졌다. 세상이 점점 더 좋아지고 있다는 의견에는 이견이 있을 수 있지만, 세상이 점점 더 편해진다는 점은 부정할 수 없는 사실이다.

하지만 인터넷으로 원하는 모든 제품을 주문할 수 있을 것 같은 요즘에도 주문할 수 없는 물품들이 있다. 그중 하나가 바로 의약품이다. 현행 약사법에는 의약품을 택배로 판매하는 일을 엄격히 금지하고 있다. 이것은 일반의 약품을 판매할 수 있는 권한이 있는 약사조차 약국 이외의 장소에서는 약을 팔 수 없다는, 일명 '대면판매'의 원칙이다.

약국을 운영하다 보면 이 대면판매의 원칙에 불편함을 호소하는 사람들을 종종 만난다. 약국 이름으로 블로그를 운영하고 있는데, 공부한 내용을 정리해서 올리기도 하고, 약국에서 취급하는 제품들을 설명하고 또 의견을 적어놓기도 한다. 그리고 우리 약국에서 취급하는 일반의약품들에 관해서도 하나씩 글을 쓰고 있다. 그런데 의약품은 택배로 팔 수 없으며 가격에 대한 질문은 답변하지 않는다고 분명하게 명시했음에도, 사흘에 한 번 정도는 가격이나 택배판매 문의가 들어온다. 처음에는 '이 약 있나요?', '얼마죠?' 같은 질문에도 일일이 답글을 달았다.

－해당 제품은 일반의약품입니다. 제가 택배로 보내드리는 것은 불법이라서 가까운 약국에 문의하세요.

보통은 이렇게 글을 쓰면 더 이상 대답이 돌아오지 않는다. 하지만 간혹 이런 답글을 남기는 사람도 있다.

－아니, 그러면 대체 블로그에 왜 올려놓은 거예요?

소비자의 입장에서는 의약품을 온라인으로 판매하지 않는 게 불편함으로 다가올 수 있다. 하지만 의약품을 잘못 복용한다면, 효과보다 부작용이 더 심한 경우도 얼마든지 발생할 수 있다. 따라서 반드시 약국을 방문해 약사와 상담한 다음 복용하는 게 중요하다. 그리고 우리나라는 조금만 걸어서 나가도 약국 하나씩은 다 있어서, 내가 불법을 저지르면서 택배로 약을 보낼 이유는 전혀 없다.

이런저런 이유를 다 차치하더라도, 약국에서 하루만 일해보면 택배판매가 얼마나 위험한지 알 수 있다. 약국에 방문해서 특정한 의약품을 찾는 손님들과 조금만 이야기를 하면, 거의 절반 정도는 증상에 맞지 않는 약을 찾고 있다. 이럴 때는 상담을 통해 알맞은 의약품을 권하면 된다. 하지만 그중 일부는 자신이 원하는 약 이름조차 제대로 알지 못할 때도 있다.

### 사례 1. 마시는 독감약

날씨가 쌀쌀해지고 감기환자가 늘어날 쯤이 되면 어김없이 있는 유형이다. 지금은 너무나 익숙해 자연스럽게 대처할 수 있지만, 처음에는 알아듣지 못했다.

근무약사 시절, 야간에 홀로 약국을 지키고 있을 때였다. 건장한 체격의 남자가 약국으로 들어와 내게 말했다.

"'타미플루' 하나 주세요."

"네? 타미플루요?"

타미플루는 독감치료제다. 병원에서 독감이라고 진단받아야 처방받을 수 있는 전문의약품이다. 당연히 약국에서는 판매할 수가 없다. 당시에 독감이 다시 유행하면서 독감치료제 타미플루가 연일 언론에서 언급되는 상황이라, 뉴스를 보고 약국으로 오셨구나 생각했다.

"타미플루는 병원에서 처방전을 받아 오셔야 합니다."

"그래요? 이상하다… 전에 분명히 샀었는데."

세상천지에 타미플루를 그냥 판 약국이 있을까? 요새 사람들이 하도 영악해서 이렇게 스리슬쩍 불법을 유도하는 건가. 하지만 나는 그런 유도에 넘어가지 않는다. 그대로 남자를 돌려보냈다. 그리고 다음 날 자랑스럽게 이 에피소드를 약국장님에게 이야기했다. 그러자 약국장님이

헛웃음을 지으며 말했다.

"약사님, 그분은 '테라플루'를 사러 오셨던 것 같아요."

아… 물에 녹여서 마시는 감기약, 테라플루…. 일반의약품이어서 약국에서 판매할 수 있는 제품이다. 개떡같이 말해도 찰떡같이 알아들어야 한다고 했던가. 약국에서 마시는 독감치료제를 찾았던 그분도 혹시 집에 가셔서 '아차' 하진 않았을까.


**사례 2. 바다의 신**

"포세이돈 하나 주세요."

난감하다. 이제는 약 이름조차 아니다. 요새도 그리스 로마 신화가 유행하나. 연세가 지긋해 보이시는데, 손주에게 줄 책을 사러 오신 건가? 여긴 책방이 아니라 약국인데 말이다.

"아버님, 포세이돈이라는 약은 없는데… 혹시 어떤 약을 찾으시는 건가요?"

"아니, 세상에 '아까징끼' 없는 약국도 있어?"

아하, 빨간약! 포세이돈이 아니라 포비돈요오드를 찾으시는 거구나. 물론 진짜 아까징끼는 수은이 함유되어 현재는 나오지 않는다. 다만 어르신들은 어릴 적부터 사용해 오시던 빨간약, 즉 붉은색 소독약은 전부 아까징끼라고 말씀하시는 경향이 있다. 그렇게 어르신께 포비돈요오드를 챙겨드렸다.

### 사례 3. 물의 도시

"그… 뭐더라…, 베네치아? 그거 하나 주세요."

와우, 베네치아는 운하로 유명하지. 요새 제약회사 '종근당'에서는 약 포장지에 유럽의 명화를 넣곤 한다던데, 그 연장선에서 나온 약일까?

"베네치아라는 약은 처음 들어보는데… 혹시 어떨 때 드시는 약 말씀하시는 거죠?"

"소화 안 될 때 먹는 약 있잖아요. 이경규 씨가 광고하는 약."

아, '동아제약'에서 만든 소화제, '베나치오'를 말씀하신 거구나. 마시면 아픈 배가 낫는다고 해서 베나치오라는 이름이 붙은 소화제. 처음 나왔을 때 '이름 참 잘 뽑았구나, 직관적이고 좋아'라고 생각했었는데, 이 약을 개발한 사람은 알까? 당신이 만든 약이 이탈리아의 관광지 이름으로도 불린다는 사실을 말이다.

### 사례 4. 장 때문이야

약사는 가끔 설렜다가 실망할 때가 있다. 대표적으로 손님이 간장약을 찾을 때가 그렇다. 한때 대한민국을 강타했던 광고 로고송, "간 때문이야"를 기억하시는가. 차두리 선수가 출연해 "피로는 간 때문이야~"라고 노래한 덕에 만성피로는 간 문제로 인해 발생한다고 인식하는 사람들이 많아졌다. 물론 모든 피로의 원인을 간 때문이라고 할 수는 없다. 하지만 약사 입장에서는 환자들이 '간이 좋아지면 피로도 개선되겠구나'라는 생각만 하고 약국을 방문해도 상담하는 데 큰 도움이 된다. 흔히 특정한 제품을 찾거나 "간영양제 주세요"라고 말하실 때가 많지만, 간혹 '간장약(肝腸藥)'이라고 말하는 사람도 있다.

"간장약 하나 주세요."

"아, 간이 안 좋아서 찾으시는 건가요?"

약의 영양성분에 대해 상담하길 원하는 손님이라고 판단해 마음의 준비를 한다. 호소하는 증상에 따라 권해드릴 의약품들이 머릿속에서 조합된다. 아, 나는 약사로서 내 조언이 도움이 될 때 자긍심을 느낀다!

"간? 무슨 소리야? 똥이 안 나온다고. '관장약' 달라고."

아… 관장약, 네. 배변이 힘드신가 보네요. 죄송합니다.

인공지능과 4차 산업혁명을 말하며 이내 없어질 직업 리스트에 항상 약사가 오르고 있다. 하지만 약을 찾는 사람과 약을 파는 사람 사이의 소통은 너무나도 중요하다. 같은 사람끼리도 서로 소통이 원활하지 않은 경우가 많은데 하물며 인공지능이라니.

오늘도 많은 손님들이 마시는 독감약과 바다의 신 혹은 물의 도시나 간장약을 찾는다. 그래, 아직은 환자와 얼굴을 맞댄 채 친절하게 약의 효능과 부작용에 대해 설명할, 약사가 필요하다.

## 속임약효과에
## 속지 마세요

요즘 앱으로 약국을 검색하면 리뷰를 볼 수 있다. 원래는 별로 신경 쓰지 않았는데, 최근에 약국 블로그를 시작한 이후로 종종 들어가서 리뷰를 확인하곤 한다. 가끔씩 좋지 않은 리뷰를 볼 때면 반성하기도 하지만, 다행히 대부분 리뷰는 높은 별점에 '약사님이 친절해요'라는 멘트가 달려있다. 리뷰를 좋게 남겨주시는 손님께는 모두 고마운 마음이 들어, 더 열심히 해야겠다는 다짐을 하게 된다. 하지만 미리 합의라도 한 것처럼 '약사님이 친절해요'라는 멘트만 적힌 리뷰들을 보고 있으면 생각이 조금 복잡해진다.

리뷰를 하나씩 살펴보면 각 업종이 지닌 정체성을 알 수 있다. 가령 평가가 좋은 음식점의 리뷰를 살펴보면 '음식이 맛있어요'와 같은 칭찬이 있다. 좋은 음식점이란 맛있는 음식을 판매하는 가게인 것이다. 또 환자가 줄을 서는 유명한 병원의 리뷰를 찾아보면 '여기서 치료받고 병이 나았어요'와 같은 칭찬이 보인다. 즉, 좋은 병원이란 잘 치료하는 곳인 셈이다. 그러면 유명한 약국의 리뷰는 어떨까?

－약사님이 친절해요.

－비타민 영양제가 저렴해 여기만 이용합니다.

음… 그러면 좋은 약국이란 약사가 친절하고, 약을 싸게 파는 곳일까?

약사면허를 따고 10년이 지났지만 아직까지 좋은 약사, 좋은 약국이 되려면 어떻게 해야 하는지 잘 모르겠다. 내가 생각하는 약사라는 직업은 전문적인 지식으로 환자에게 알맞은 약을 추천하는 직업이다. 즉, 약을 어떻게 올바르게 섭취하는지 알려주고, 개개인에 딱 맞는 약을 판매할 수 있는 직업이다.

하지만 이것도 말처럼 쉽지만은 않다. 여러 이유가 있지만 가장 큰 이유는 속임약효과, 흔히 말하는 '플라시보

효과' 때문이다. 속임약효과란 약이 아니거나 혹은 약효가 떨어지는 약을 먹더라도, 사용하는 사람이 효과가 좋다 생각하면 약효 역시 좋아지는 현상을 뜻한다. 해골바가지에 들어있는 물을 시원하게 마셨다는 원효대사의 일화도 이런 속임약효과의 일종이다. 약사가 성분이 좋아서 권한 약이 환자에겐 약효가 좋지 않다고 느껴질 수 있으며, 반대로 '영~ 아니다' 싶은 약이 환자에겐 명약이 될 수도 있는 것이다. 정말이지, 참 어렵다.

무엇보다 큰 문제는 특정한 의약품에 대한 맹목적인 믿음을 가진 사람들이다. 이런 사람들은 증상에 전혀 맞지 않는 엉뚱한 약을 찾을 때도 많고, 정확한 용량을 지키지 않고 복용하는 경우도 허다하다. 당장은 속임약효과로 인해 약효가 좋다고 느낄 수 있지만, 잘못된 방법으로 장기간 의약품을 사용한다면 몸에 부담이 갈 수밖에 없다.


약국에 오시는 할머니 중에 이따금씩 마시는 감기약, '판피린'을 사 가시는 분이 있다. 물약으로 나온 제품이라 복용이 쉽고 효과가 빠르게 나타나는 편이다. 또 무수카페인, 즉 수분을 제거한 카페인의 각성효과 덕분에 빠르게 '나았다'라는 느낌을 주는 약이다. 가격에 비해 성분의 구성이나 조합이 정말 좋은 약이다. 다만 문제는 증상에 맞춰 감기약으로 복용하시지 않고, 그저 몸에 좋은 보약이라고 생각하신 채 드시는 어르신들이 많다는 점이다. 그리고 할머니 역시 그런 어르신 중 한 분이었다.

"판피린 한 박스 줘."

분명 몇 주 전에도 한 박스를 사신 걸로 기억하는데, 금세 다시 사러 오셨다. 감기약으로 드셨다고 보기에는 너무 주기가 짧은 상황. 약사로서 약물오남용 감지센서가 반응한다.

"벌써 다 드셨어요? 제가 감기약이라고 말씀드렸는데, 감기증상 있을 때 드신 거 맞죠?"

그랬더니 할머니는 멋쩍게 웃으면서 대답하신다.

"아, 그랬지. 알지, 감기약. 집에 아저씨랑 같이 먹고 그러면 금방 없어져."

10년의 약사생활로 얻은 감이 외치고 있다. 이건 거짓말이다. 아무리 감기라도 2주 만에 한 박스를 다 드셨다는 건 일반적인 경우가 아니다. 많이 보아왔듯, 분명 이 분도 머리 아플 때나 콧물이 날 때 또 피곤할 때 판피린을 복용하셨다는 강한 의심이 들었다. 이럴 때 약사의 양심으로 판단한다면 판피린을 드려서는 안 되겠지만, 내가 팔지 않는다고 다른 약국에 가서 구하지 못할 어려운 약도 아니라서 일단은 드렸다. 다만 어르신들이 어떨 때 판피린을 드시는 건지, 그것이 꼭 알고 싶었다. 최대한 기분 나쁘지 않으시도록 살짝 미소를 곁들여 가볍게 여쭤봤다.

"아, 그러셨구나. 저는 또 머리가 아프시거나, 피곤하실 때 한 병씩 드신 건가 싶었죠. 그렇게 드시는 분들도 종종 있더라고요."

상대의 공감을 유도하는 교묘한 화법. 자, 어떻게 반응하실 것인가?

"아, 그렇지? 나는 이게 참 잘 듣더라고. 머리 아플 때도 한 병 먹으면 두통이 싹 사라져. 다른 진통제는 잘 안 들어서 먹어도 소용이 없어. 속만 버리고. 전에는 상처 난 곳에 뿌리니깐 좀 빨리 낫는 거 같더라고. 아무튼 참 좋은 약이야, 그치?"

순간 약대에서 4년, 임상에서 10년간 배운 약물학적 지식이 모두 부정당하는 느낌이었다. 나는 감기약으로만 알고 있었는데… 판피린에 이런 효능이! 먹으면 체력이 회복되는 '힐링포션'의 현실 버전이 아닌가. 판피린이 모든 병을 치료하는 만병통치약이었구나.

나는 범인을 밝혀낸 명탐정처럼 득의양양하게 그리고

너그럽게 말했다.

"어머님. 그래도 이거 감기약이니까요, 감기증상이 있을 때만 드세요. 많이 먹으면 몸에 좋지는 않아요. 아시겠죠?"

"그래요. 알지, 알지. 아플 때만 먹을게."

말씀하시는 '아플 때'의 정의가 나와는 사뭇 다르다는 느낌을 받았지만 어쩌겠는가. 다만 드시기 전에 내가 드린 조언을 한 번 더 생각해 보시기를 바랄 수밖에.


속임약효과로 발생하는 문제는 처방조제 할 때도 많이 발생한다. 이부프로펜이라는 성분을 예시로 들어보자. 약학정보원에 들어가 이부프로펜을 검색하면 이부프로펜이 포함된, 국내에서 생산하고 유통하는 약들이 수백 종 넘게 검색된다. 그중에서 특정한 의약품을 골라 '동일성분의약품'란을 누르면, 국내에 시판되는 성분이 같은 의약품을 모두 볼 수 있다. 이 목록에 뜨는 의약품들은 사실상 모두 같은 의약품이다.

생물학적동등성, 줄여서 생동성이라는 개념이 있다. 다른 회사에서 생산하는 제품이더라도 성분과 효능이 동등하다면 생동성을 인정받는다. 즉, 한 제약회사에서 생산하는 제품과 다른 제약회사에서 생산하는 제품의 효능과 효과가 동일하다는 이야기다. 이 생동성은 무려 대한민국 식품의약품안전처, 그러니까 식약처에서 인정하는 사실이다.

보통 약국은 가까운 병원에서 다루는 약품은 갖추고 있지만, 멀리 떨어진 병원에서 사용하는 약품까지 구비할 수는 없다. 그래서 멀리 떨어진 병원에서 가지고 온 처방전, 약국가에서 흔히 외부처방전이라고 말하는 처방전이 들어오면 대체조제를 하게 된다. 여기서 대체조제란 처방전에 적힌 약 대신 같은 성분의 다른 회사 약으로 조제하는 것을 말한다. 그런데 이때 약사와 환자 사이에 트러블이 발생하기도 한다.

"가지고 오신 처방전에 적힌 약은 저희가 가진 같은 성분 약으로 대체조제 해서 드릴게요."

약사법상, 생동성을 인정하는 제품에 대해 약사는 환자에게 대체조제 사실을 통보한 뒤 조제를 할 수 있다. 말했듯이 대체조제는 식약처에서 생물학적으로 동등한 약이라고 인정한다는 점을 바탕으로 하므로, 예외적인 상황을 제외하고 의사의 사전동의를 받을 필요가 없다. 환자에게 대체조제 사실을 고지하고, 이후 병원에 팩스로 사후통보

하면 된다. 하지만 간혹 의사 선생님에 대한 과도한 신뢰가 있거나, 특정한 의약품을 복용했던 개인적인 경험 때문에 나를 의심의 눈초리로 보는 경우도 발생한다. 약사의 말이 속임약효과의 커튼을 걷어내지 못하는 셈이다.

"대체조제요? 다른 약을 주신다는 거예요? 그냥 처방대로 해주시면 안 돼요?"

물론 처방전에 적힌 약과 같은 회사의 약이 있다면 처방대로 조제하는 게 약사 입장에서도 편하다. 하지만 언제, 어느 만큼의 외부처방전이 들어올지 알 수 없는 상황에서, 같은 성분의 의약품을 모두 구비할 수 있는 약국은 없다. 계속해서 말하지만, 회사만 다르지 성분과 약효가 동등하다고 식약처에서 인정한 약만 대체할 수 있다. 성분이나 함량을 변경해야 한다면 당연히 의사의 사전동의를 받아야 한다.

"성분은 동일한 약이고요, 회사만 다른 겁니다. 약효에 대해 식약처에서 똑같다고 인정을 받은 품목이라서 걱정안 하셔도 됩니다. 정말 걱정되신다면… 안타깝지만 처방받은 병원 근처에 있는 약국으로 가서야 할 것 같습니다."

"대학병원 앞에 있는 약국은 사람이 너무 많아서 가지고 온 건데… 그럼 제가 내일 그쪽 약국으로 찾아갈게요.

처방전은 다시 돌려주세요."

환자 본인이 원하지 않는다면 강제로 조제할 수 없어 처방전을 돌려주었다. 환자가 약국을 나선 후, 혹시나 싶어 약학정보원에 검색했더니 처방이 나왔던 약과, 우리 약국에 있는 약은 성분이 같은 걸 넘어 제조회사까지 같았다.

외주로 주문을 받는 몇몇 제약회사가 제품을 생산한 뒤에 각 회사의 이름이 들어간 포장을 할 때도 있다. 즉, 같은 공장에서 생산된 약이더라도 어떤 회사로 가느냐에 따라 약 이름이 바뀌는 것이다.

결국은 손님이 약사를 얼마나 믿느냐라는, 신뢰의 문제라고 생각한다. 나와 오래 안면을 터 서로 신뢰가 쌓인 손님은 내 말을 믿고, 내 마음을 헤아려 준다. 하지만 그렇지 않은 분에게는 내 말이 잘 닿지 않을 때도 많다. 결국 속임약효과를 뛰어넘어, 내 말을 전달하려면 내가 더 노력해야 하는 것이다. 환자에게 신뢰받는 약사 그리고 앞으로도 믿음을 줄 수 있는 약사가 되기 위해 노력해야겠다.

## 가짜들이
## 너무 많아

〈거짓말의 발명〉이란 영화가 있다. 거짓말이라는 개념이 존재하지 않던 세상에서 한 남자가 인류 최초로 거짓말을 할 수 있게 되면서 벌어지는 일들이 담겨있다. 임종을 앞둔 어머니에게 사후세계는 사랑하는 이들이 기다리는, 영원한 행복의 세계라고 거짓말을 하는 등 영화 속 주인공은 (대체로) '착한 거짓말'로 사람들에게 도움을 준다.

그러나 세상에 떠돌아다니는 거짓말들은 영화 속처럼 착하지도, 또 드물지도 않다. 우리는 이미 너무 많은 거짓말 속에 살고 있다. 어떤 연구에 따르면 사람들은 하루에 200회의 거짓말을 한다는데, 그렇게 생각을 통해 입에서 나온 거짓말들은 어디를, 어떻게 떠돌고 있을까?

우선 진실과 거짓을 떠나 약국에서 일하면서 알게 된 사실 중 하나는, 자주 반복되는 말의 힘이 생각보다 정말 어마어마하다는 점이다.


"'게보린'처럼 유명한 제약회사에서 나오는 약을 줘야지, 어디서 이런 듣도 보도 못한 회사 약을 줘? 이거 먹고 효과나 있겠어?"

의약품은 크게 일반의약품과 전문의약품으로 나눌 수 있다. 일반의약품은 약국에서 살 수 있지만, 전문의약품은 의사의 처방이 있어야 구입할 수 있다. 두 의약품은 광고에 관한 법률도 다른데, 우리가 쉽게 복용하는 진통제나 감기약 등 일반의약품은 대중매체에서 광고할 수 있다. 반면에 의사의 처방이 필요한 전문의약품은 광고를 할 수 없다. 텔레비전에서 혈압약이나 당뇨약 같은 만성질환에 대한 약을 광고하는 걸 본 적 없는 이유는 이 때문이다.

제약회사도 결국은 영리를 추구하기에, 광고를 통해 자사의 약품을 널리 알려야 하지만 약사는 의약품 광고를 좋게만 볼 순 없다. 왜냐하면 대중에게 맹목적인 편견을

심어줄 수 있기 때문이다.

전문가인 약사보다 광고에 나오는 배우의 말을 더 신뢰하는 사람들이 꼭 있다. 그러다 보니 '내가 아는 약은 좋은 약'이고 '약사가 추천해 주는 약은 안 좋은 약'이라는 그릇된 인식을 가지고 있는 사람들도 종종 만나곤 한다.

저 말씀을 하셨던 어르신도 이런 유형 중 하나다. '제품명을 말하지 않고 증상을 말하면 생각했던 약을 주겠지'라는 생각으로 약국을 방문한 경우다. 최소한 본인이 원하는 제품명이라도 말씀해 주셔야 할 텐데… 그렇지도 않다. 독심술이라도 익혀야 하나.

보통 이런 유형의 손님은 광고나 미디어에 많이 노출된 약 이름을 알고 있거나, 본인이 먹어봤을 때 효과가 좋다 느끼고 이름을 기억하는 경우가 많다. 하지만 가끔은 광고도 하지 않는, 정말 뜬금없는 회사의 엉뚱한 제품명을 말하며 약국을 방문하는 사람들이 있다.

여기서 포인트는 사람'들'이란 점이다. 한 사람이 특정한 회사의 특정한 제품을 찾는 이유는 '제품을 먹고 효과를 봤구나'라고 생각할 수 있지만, 여러 사람이 똑같은 소리를 한다면 99퍼센트의 확률로 어디서 주워들은 소리를 말하는 케이스다.

예전에 이 '어디서'는 주로 텔레비전이었다. 하지만 요즘은 시대가 변하면서 이 '어디서'가 점점 바뀌고 있다. 가장 큰 장소는 역시 유튜브다. 휴대전화 보급률이 90퍼센트가 넘는 대한민국에서, 남녀노소 어지간한 정보는 유튜브에서 얻고 있다. 나조차 급히 필요한 정보가 있으면 유튜브에서 주로 검색한다. 세상엔 어찌나 정리를 잘하고 재미있게 말하는 사람이 많은지 모르겠다. 거기다 '건강'이라는 주제에 관심이 많은 50대 이상도 유튜브를 많이 이용하는 세대이기에, 그 파급력은 이미 텔레비전을 넘어섰다.

하지만 유튜브는 누구나 영상을 올릴 수 있어 전문가와 유사 전문가를 구분하기 힘들다. 그리고 논문이나 학술자료처럼 검증된 데이터만 올라오지도 않는다. 오직 조회수를 높이고자 특정한 정보를 대중이 더 좋아하도록 가공해서 올리는 곳이라, 지나치게 극단적인 정보도 많다. 세상을 떠돌던 거짓말들이 여기에 모여있었구나⋯. 거짓말이 둥둥 떠다니는 바닷속에서 한참 동안 헤맸던 나는 그 뒤로 약국에서 사용할 만한 정보를 얻으면 교차로 검증한 다음에야 이용하게 됐다.

유사 전문가로 인한 에피소드 중 가장 큰 사건은 몇 년

전에 있었던 알벤다졸 사태다. 시작은 펜벤다졸이었다. 펜벤다졸은 개에게 먹이는 구충제로 사용되는 성분인데, 인간이 사용하기에는 독성이 있어 동물용으로만 허가받은 제품이다. 그러던 중 어떤 유튜브 채널에 펜벤다졸을 먹고 암이 나았다는 영상이 올라오게 된다. 그 이후로 간증을 하듯 너도나도 펜벤다졸을 먹고 말기암이 완치됐다는 영상들이 올라왔고, 펜벤다졸은 빠르게 품절됐다.

의약품이 개발된 의도와 다른 효과가 나타나는 경우가 없지는 않다. 하지만 이런 식으로 개발된 의도와 다른 효능, 효과를 얻으려면 면밀하게 연구하고 또 검토해야 한다. 쉽게 생각해서 제약회사도 돈 벌려고 약을 만든 건데, 다른 효능이 있을 수 있다면 개발하는 단계에서 검토하지 않았을 리가 없다. 그래서 나는 펜벤다졸 붐이 일었을 당시에 관련된 자료를 많이 찾아봤다. 약대교수로 일하는 동기에게도 의견을 구하고, 여러 가지 논문의 결과를 비교하고 분석한 결과, 유의미한 항암효과를 기대하긴 어렵다는 결론을 낼 수 있었다. 그에 반해 개에게 먹이는 구충제를 사람이 복용해서 얻을 수 있는 부작용은 너무나 명백해서, 펜벤다졸을 판매할 때는 다른 목적이 있는 건 아닌지 확인하고 판매했었다.

그 펜벤다졸 사태가 진정될 때쯤, 이번에는 사람용 구충제인 알벤다졸도 항암효과가 있다는 괴소문이 유튜브를 통해 퍼지기 시작했다. 이번에는 한술 더 떠서 항암효과는 물론, 만성비염과 두드러기 그리고 알레르기 질환에도 효과가 좋다는 소리까지 더해졌다. 알벤다졸의 효능, 효과에 대해 설명하는 유튜버를 보면서 '저 사람은 자신이 하는 말에 얼마나 책임을 질 수 있을까'라는 생각이 들었다.

한번은 이런 적도 있다. 20대 초반 정도의 여성이 약국에서 알벤다졸을 찾았다. 이미 알벤다졸이라는, 성분명을 말하는 것부터 수상쩍었다. 구충제가 필요하다면 보통 "구충제 주세요" 하고 말하기 때문이다. 거기다 복지센터나 고아원같이 집단으로 생활하는 경우를 제외하곤, 스무 통이나 되는 많은 수량을 달라고 하지는 않는다. 매우 높은 확률로 다른 목적이 있는 것이다.

"혹시 어떤 목적으로 복용하실 건가요?"

내 질문에 여성은 살짝 머뭇거리다가 대답했다.

"인터넷에서 봤는데… 이거 먹으면 비염이 낫는다고 해서요…. 제가 만성비염이 있거든요."

그래도 솔직하게 말해서 고마웠다. 나는 손님에게 알벤다졸이 비염에 효과가 있다는 근거는 매우 미약하며, 오허려 장기간 복용할 때 발생할 수 있는 독성에 대해 안내해 주었다. 그리고 정보의 출처가 궁금해 어디서 들었는지 물어봤다. 그 여성은 유튜브라고 대답했다.

손님이 말한 유튜브 채널을 찾아보니 그야말로 가관이었다. 그 유튜버는 알벤다졸을 만병통치약인 것처럼 이야기하고 있었다. 더욱 충격적이었던 점은 영상의 내용 중에 "그냥 달라고 하면 약국에서 안 주니까 이렇게 말하세요"라는, 명백히 약사를 기만하는 내용이 포함됐다는 점이다. 세상에, 이런 이야기를 이렇게나 함부로 할 수 있다니. 유튜브의 어두운 면을 확실히 깨달았던 사건이었다.


내가 봤던 영화 속 세계, 거짓말이 없는 세상이 살기 좋은 천국이었냐 묻는다면 그렇지는 않다. 소개팅 상대를 앞에 두고 "당신은 못생겨서 싫어요"라고 돌직구를 날리는 세상 속에서 살아남으려면 정신이 꽤나 튼튼한 사람이 아니고서는 견디기 힘들 것이다. 흔한 비유로 말하자면 사람과 사람 사이에 기름칠이 덜 되어있다고나 할까. 거짓말이 없는 세상 속에서 사람들은 조금만 열을 받아도 쉽게 새카맣게 타버리고 말 것이다.

하지만 거짓말이 진실을 가리는 걸 넘어 진실을 대체하

는 지경으로 많아지면 안 된다고 생각한다. 기름도 적당해야 요리가 맛있으니까. 요리 못하는 중국집에서 내놓는, 이게 볶음밥인지 기름밥인지 헷갈리는 음식을 먹고 싶은 사람은 드물지 않을까.

거짓말을 할 수 있는 능력을 얻은 영화 속 주인공과는 달리 우리가 가져야 할 힘은 거짓말 사이에서 진실을 가리킬 수 있는 재주다. 말장난 같지만, 수많은 만병통치약에서 '만병'만 짚어내고 올바른 '약'을 찾을 수 있는 능력 말이다.

# 라포르,
# 믿을 수 있는

"나는 당신을 믿는다"라는 말보다 벅차오르는 말이 또 있을까? 가짜로 가득한 세상, 남을 속여서 이득을 취하려는 사람이 발에 차일 만큼 넘치는 사회에서 누군가에게 "당신을 믿는다"라는 말을 들을 때면, 세상에서 끌어 올려져 단단하고 투명한 유리병 속으로 들어가는 느낌이 든다. 너는 타인과 다르다는 것 그래서 당신은 내가 믿을 수 있는 '특별한' 사람이라는 말은, 내게 있어 그 특별함을 유지하도록 해주는 원동력이 된다.

자주까지는 아니더라도 종종 '믿을 수 있는 사람'이라는 말을 들어왔다. 가족에게 그런 말을 들을 때면 '믿음에 보답하는 아들, 남편이 되어야지'라고 생각했고, 아는 형이나 동생에게 들으면 '더 많은 부분을 믿고 맡길 수 있는 사람이 되어야겠다'고 생각했다. 뭐, 친구한테 들을 때면 '애 취했나?'라는 생각도 가끔 들었지만.

살면서 모든 믿음에 보답해 오지는 못했다. 누군가에게는 '그렇게 안 봤는데'라는 실망감을 안겨줬을 수도 있다. 실은 모든 믿음을 안은 채 놓치지 않는다는 건 불가능할 것이다. 그래도 여전히, 나는 유리병 속에서 미약한 빛이나마 흔들 수 있다는 게 좋다. 변변찮은 타인 중 한 사람으로 남기보다 누군가의 소매를 꼭 붙들고 '여기로 가는 건 어때?'라고 물을 수 있는 사람이 되고 싶다. 그리고 약사로 일하는 동안 내가 믿음을 얻고 싶은 사람들은 당연히 우리 약국을 찾아오는 환자들이다.

심리학 용어 중에 라포르(rapport)라는 단어가 있다. 사람과 사람 사이에 생기는 상호 신뢰관계를 뜻하는 말인데, 보건과 의료분야에서도 매우 중요하게 여기는 개념이다. 환자 역시 보건의료인을 믿고 신뢰하면 치료의 효과가 높아진다는 개념이다.

하지만 보건의료인 중에서 특히 약사는, 환자와의 라포르를 형성하기 가장 어려운 직종이라고 생각한다. 보건의료인의 대표격인 의사의 경우, 진찰과 치료를 통해 환자와 자주 접촉하면서 라포르를 형성하기 쉽다. 반면 약사는 환자와의 접촉이 처방조제 이후 고작 몇 분의 복약지도로 끝날 때가 많다. 쉽지는 않지만 라포르를 잘 형성하면 복약지도가 더욱 수월해지고, 환자의 입장에서도 병의 차도가 더 좋아진다.

대학병원의 약제부에서 근무할 당시에는 이런 라포르 형성이 상대적으로 쉬웠다. 여러 이유가 있는데 그중 하나는 바로 의무기록이다. 병원에서 환자를 치료하고 관찰하는 경과를 기록해 두는 의무기록을 약사들도 열람할 수 있어서였다. 약사가 의무기록을 확인할 필요가 있겠냐 싶을 수 있지만, 원활한 처방검수와 복약지도를 위해서는 가끔씩 확인해 볼 필요가 있다. 의무기록에는 환자의 질병경과 역시 상세하게 적혀있어, 특히 퇴원한 환자에게 복약지도를 할 때 매우 유용했다.

그런 경험에 익숙해져 있어, 처음 약국가로 나왔을 때 가장 답답함을 느꼈던 부분이 바로 의무기록을 확인할 수 없다는 점이었다. 약국과 병원은 완전히 별개의 기관이라, 약사는 어떤 형태로든 환자의 의무기록에 접근할 수 없었다. 즉, 환자가 약국에 처방전을 들고 방문하더라도 약사인 나는, 이 사람이 어디가 아파서 그리고 어떤 치료를 받고 왜 이 약을 처방받았는지 알기가 상당히 어렵다.

이러한 불편함을 조금이나마 해소하고자 환자의 처방전에는 질병분류기호라는 것이 표기된다. 질병분류기호란 이 사람이 어떤 질환으로 약을 처방받았는지를 대략적으로나마 안내해 주는 역할을 한다. 알파벳과 숫자로 조합된 이 질병분류기호를 약국의 프로그램에 입력하면, 환자가 어떤 질환으로 처방전을 받았는지 가늠할 수 있다. 하지만 문제는 질병분류기호가 아예 적히지 않은 처방전이 나올 때도 있다는 것이다.

환자를 진찰하지 않는 약사의 입장에서 이 질병분류기호는 복약지도의 방향성을 잡는, 중요한 나침반 같은 존재다. 그럼에도 의료법상 '환자가 원하지 않을 경우에는 질병분류기호를 표기하지 않을 수 있다'라는 조항을 이용해, 의도적으로 질병분류기호를 기재하지 않는 병원도 있다.

질병분류기호를 누락하는 병원들이 무슨 의도인지는 정확히 알지 못한다. 하지만 약사의 입장에서 질병분류기호가 없는 처방전은 받는 순간부터 긴장해야 한다. 특히 비슷한 처방이 많이 나오는 병원의 처방일수록 이러한 부담은 더욱 증가하는데, 대표적으로 정형외과의 처방전을 들 수 있다.

사람들은 어떨 때 정형외과를 가는가? 목이 아플 때 가고, 팔다리가 아플 때도 가고, 허리가 아파도 간다. 그리고 이런 일반적인 통증에 정형외과는 비슷비슷한 약을 쓴다. 가장 무난한 구성은 진통제와 근육이완제 그리고 위장약 조합이다. 성분이나 조합은 조금씩 다를 수 있지만 대개 유사하게 나오는 경우가 많다.

약에 대해 모르는 사람들이 착각하는 사실이 하나 있는데, 그것은 특정한 부위에 작용하는 약이 따로 있다는 생각이다. 이를테면, 머리 아플 때 쓰는 약과 팔다리가 아플 때 쓰는 약 그리고 허리 아플 때 쓰는 약이 모두 다르다는 생각이다. 그 논리를 그대로 따르면, 머리가 아플 때 머리의 통증을 치료하는 약을 먹으면 그 약은 우리 몸의 다른 부위는 거들떠보지도 않고, 머리로 달려가서 머리의 통증만 빠르게 잡아줘야 한다.

하지만 세상에 그런 식으로 형편이 좋은 약은 없다. 우리가 먹는 모든 약은 몸에서 흡수되고 또 분해되는 과정에서 전신에 작용한다. 그래서 진통제라도 일부 예외를 제외하면 전신의 통증에 다 사용할 수 있다. 문제는 이런 사실을 잘 알지 못하는 사람들이 많다는 점이다.

한 할아버지가 약국을 방문하신 적이 있다. 처방전을 들고 계셨는데 우리 약국과는 거리가 좀 떨어진 정형외과에서 발행한 처방전이었다. 정형외과에서 일반적으로 처방하는 약이었는데, 어디가 불편해서 처방전을 받아 오신 건지 확인하고자 질병분류기호를 찾아보니 아뿔싸, 질병분류기호가 적혀있지 않았다.

말했듯이, 질병분류기호가 쓰여있다면 복약지도가 수월해지는데, 이를테면 "허리가 불편해서 처방전을 받아 오셨네요"라는 말로 복약지도를 시작하면 나의 말에 조금 더 귀 기울이는 게 느껴진다. 간혹 눈을 빛내며 "약만 보고 어떻게 아셨어요?"라고 물어보는 사람들에게는 솔직하게 비법을 말한다. 거짓말을 했다가 나중에 들통나면 신뢰가 떨어지기 때문이다.

'질병분류기호가 없네. 어떡하지? 그냥 복용법만 간단히 설명하고 보내야 하나?'

하지만 약사로서 내 자존심이 용납할 수 없었다. 짧은 설명이 반복될수록 "약국에 갔더니 하루 세 번, 식후에 먹으라는 말뿐이더라. 약사 일, 나도 하겠다"라는 여론이 더 강해진다고 늘 생각하기 때문이다.

"혹시 어디가 불편해서 처방전을 받아 오신 건가요?"

"응? 아니, 약사가 처방전만 딱 보면 알아야지. 그걸 몰라? 쯧쯧."

이런, 실패다.

"하하. 그런 게 아니고요, 아버님. 처방받아 오신 진통제는 관절이 아플 때도 드실 수 있고, 근육통이 있을 때 드시기도 하는 약이어서요. 약만 보면 정확하게….”

"아니, 잠깐만! 이거 관절 아플 때 먹는 약이 아니잖아?"

할아버지는 내 노력이 무색하게 말을 끊고 중간에 끼어드셨다. 할아버지는 예전에 허리가 아프실 때 병원에서 처방받으셨던 약과, 지금 약이 똑같다고 말씀하셨다. 즉, 자신은 오늘 무릎관절이 아파 병원에 갔는데, 왜 약국에선 허리 아플 때 먹는 약을 주느냐 하는 것이었다.

"아… 아버님, 그렇지는 않습니다. 약이라는 게 이건 관절약, 이건 허리약 이렇게 딱 구분되어 있는 건 아니에요. 소염진통제는 관절이 아플 때나 허리가 아플 때 다 드실 수 있습니다."

설명을 듣고 납득을 하셨을까? 기대 반 걱정 반, 할아

버지를 쳐다보니 할아버지는 나를 한 번 쏘아보시다 약을
낚아채시고는 약국을 나서셨다. 물론 그 이후로 할아버지
가 우리 약국에 오시는 일은 없었다.

믿음이라는 말이 주는 감동만큼 그 말을 듣기까지는 사
람과 사람 사이에 있는 무수한 자갈밭을 지나와야 한다.
어쩌면 그 길이 너무 험난해 도중에 그만두고 터덜터덜
돌아오고 싶을 수도 있다. 그리고 요즘 세상에는 그런 모
습이 당연할 수 있겠다는 생각도 든다. 옆자리의 사람보
다 주머니 속 휴대전화에 재밌는 게 더 많은 시대니까. 그
리고 마스크를 벗고 얼굴을 마주한다는 게, 아직은 어색
할 수 있으니까 말이다.
  그래도 나는, 결국 사람이 기댈 곳은 사람의 어깨라고
생각한다. 휴대전화 속 콘텐츠에 밤새 빠져있다가도 어느
순간 통화버튼 앞에서 머뭇거리게 되듯이, 어떤 명약보다
"괜찮아요?"라는 물음에 몸이 더 괜찮아지는 순간이 있
듯이 말이다. 그렇기 때문에 나는 언제나 어깨를 빌려줄
수 있는, 믿음을 줄 수 있는 사람이 되길 소망할 것이다.

# 부메랑은
# 돌아온다

누가 처음 쓴 표현인지는 잘 모르겠지만, 불운을 '부메랑' 같다고 말한 사람은 아마 불운을 제대로 맞아본 사람일 것이다.

먼저 부메랑은 가만히 있는데 자기가 알아서 날아가지 않는다. 날아오는 부메랑에 맞으려면 본인이 부메랑을 있는 힘껏 날려야 한다. 여기서 첫 번째 박수, 불운은 제 스스로 자초한 일에서 벌어진다는 사실.

두 번째로 부메랑은 돌아오기까지 생각보다 긴 시간이 걸린다. 던지고 3초 정도 있다가 내게 와 툭 부딪히면 "아, 내가 던져서 내가 맞게 됐구나. 반성해야겠다"라고 말하기 쉬울 텐데, 꽤나 긴 거리를 빙 돌아오기 때문에 '이거 누가 던진 거야?'라고 생각하기 쉽다. 그러니까 불운이 부메랑 같다는 말은 자신이 자초했음과 더불어 스스로 그 사실을 알아채기 힘들다는 점까지 함의한, 꽤나 훌륭한 비유인 셈이다. 아 참, 맞으면 생각보다 더 아프다는 사실까지 말이다.

돌이켜보면 언제나 부메랑은 소리 없이 날아오지 않았다. 휙휙 소리를 내면서, 내게 부딪히기 전 있는 힘껏 소리를 내면서 날아온다. 하지만 부메랑 소리가 들릴 때쯤이면 십중팔구는 이미 늦었다. 나는 부메랑을 맞고 잠깐 아파하다가, "이거 누가 던진 거야?"라고 소리 지르다, "아" 하고 탄식하는 과정을 반복할 뿐이다.


그날도 부메랑 소리가 들렸다. 평소와 다르게 약국 앞에 목에 명찰을 달고 서성이는 사람이 있었다. '설마… 아니겠지'라고 생각했지만, 그 사람은 망설임 없이 약국으로 들어섰다.

"실례합니다. 시청에서 나왔습니다. 약국장님 되시나요?"

아, 어째서 불길한 예감은 빗나간 적이 없는지. 약국을 운영하다 보면 보건소 공무원을 종종 마주하게 된다. 보건의료업에 해당하는 병원이나 의원 혹은 약국은 보건소에서 관리하고 감독한다. 특히 약국은 1년에 한두 번씩은 정기적으로 보건소에서 감사를 나오곤 한다. 주로 체크하는 내용은 유통기한이 경과한 의약품을 판매하는지, 소비자가 알아볼 수 있게 가격을 표기해 두었는지, 조제시설은 청결하게 유지하고 있는지, 마약류의약품은 문제없이 잘 관리하는지 등이다.

물론 모든 약국을 전수조사 하는 것도 아니고, 감사의 기준도 일반적인 약국이라면 문제없이 넘어가는 정도라 일종의 연례행사처럼 생각할 수도 있다. 그래도 공공기관에게 나의 업장을 감사당하는 것이 썩 유쾌한 경험은 아니다. 마치 잘못한 게 없어도 괜히 경찰 앞에서 어깨가 움츠러드는 심리와 비슷한 셈이다.

아무튼 공무원 명찰을 보여주며 약국을 방문하는 사람은 보통 보건소 공무원일 경우가 많고, 또 이때까지는 그래왔다. 하지만 이 사람은 본인이 시청에서 나왔다고 말했다. 시청에서 약국에 무슨 볼일이 있어서였을까?

"네, 어떤 일로 오셨나요?"

"그게, 민원이 제기되어 확인차 방문을 했습니다."

민원? 그래, 간혹 약국에서 사소한 마찰이 생기면 보건소에 민원을 넣는 사람들이 있다. 보건소 입장에서는 아무리 작은 민원이라도 발생하면 민원인에게 경과를 보고해야 한다. 그래서 민원 때문에 약국에 전화를 하거나, 사실을 확인하고자 방문하는 경우가 가끔 있다.

얼마 전에 아는 약사님은 환기하려고 약국 출입문을 열어뒀다 환자에게 민원을 받은 적도 있다. 민원인의 주장은 "날씨도 더운데 문을 열고 약국을 운영하고 있다. 그러면 약을 적정한 온도에 보관한다고 보기 어렵지 않느냐, 당장 확인해서 조치를 취해라"였다. 보건소 입장에서도 약국에 '코로나로 인해 환기를 자주 해라'고 권하는 실정이었기에, 해당 민원이 접수되었을 때 꽤나 골치 아팠을 것 같다. 그래도 민원이 들어오면 약국을 방문해서 사실을 확인하고 처리했다는 결과를 민원인에게 보고해야 하므로, 간단히 확인한 다음에 이상이 없다는 답변을 전달했다고 한다.

그런데 보건소가 아닌 시청이라니? 시청에서 약국 앞으로 들어온 민원을 처리한다고? 의아해하는 나에게 공무원은 두꺼운 서류뭉치를 보여주면서 말을 이었다.

"인터넷에 블로그 운영하고 계신데, 약국장님이 직접

관리하고 있으신 거 맞나요?"

블로그! 그제야 상황이 파악되었다. 최근에 시작해서 운영하고 있던 약국 블로그의 게시글이 문제가 된 것이다. 시청 공무원의 말에 따르면, 내가 쓴 글 중에 건강기능식품을 소개한 글이 과대광고에 해당되어 문제가 되었다고 한다. 과대광고라니… 약국에서 판매하는 제품을 소개하기 위해 평소 상담하는 듯이 작성한 것뿐인데….

"이게 건강기능식품 광고에 관한 법률을 살펴보면요, 소비자가 약으로 오인할 수 있으면 불법이 되거든요. 저희도 식약처에서 유권해석(권위 있는 국가기관이 법규를 해석하는 일)까지 다 마치고 왔고요. 이게 그 서류입니다."

역시 공무원…, 내가 반박할 수 없을 정도로 많은 준비를 했다. 하지만 너무 억울했다. 글을 읽는 사람들이 오해하지 않도록 정말 조심해서 썼는데…. 민원을 넣은 사람은 내 게시글의 구석구석을 훑어, 문제가 될 만한 문구를 모두 캡쳐해 민원을 넣었다고 한다.

"무슨 말씀이신지는 잘 이해했습니다. 제가 실수한 게 맞는 거 같네요…. 그런데 혹시 처리는 어떻게 되나요? 1차 경고 뭐 이런 거는 없나요?"

보건소에서 약국을 감사하러 나왔을 경우, 경미한 위반

사항이 있을 때는 경고 및 계도조치를 내릴 수 있도록 되어있다. 부디 시청에도 비슷한 제도가 있길 바라고 질문을 하니 청천벽력 같은 대답이 돌아왔다.

"죄송합니다. 저희는 계도조치는 없고요, 해당 자료 확인하고 서명해 주시면 그대로 경찰서로 보내게 됩니다."

아아… 경찰서라니! 약국에서 못다 한 설명은 블로그를 통해 대신하려고 시작한 건데… 결국 이런 비참한 엔딩을 맞고 말았다. 이후로 블로그의 게시글들을 내리고 한동안 블로그 권태기에 빠졌다. 집요하게 민원을 넣은 사람도 미웠고, 제대로 알아보지 않고 글을 쓴 나 자신도 미웠다.

아직도 인터넷을 돌아다니면 건강기능식품을 마치 약처럼 팔고 있는 사례를 많이 볼 수 있다. 나만 벌을 받은 듯한 느낌이 들어 억울한 마음이 들었다. 국민신문고에 민원을 넣어 몇몇 게시글을 신고해 보았으나, 결과는 해당 게시글의 노출을 차단하는 데 그쳤다고 한다. 응? 노출을 차단했다고? 나는 경찰서까지 갔는데, 다른 게시글은 내려가고 끝이라고? 몇 번 더 시도해 봤지만 결과는 같아서 그냥 그만두었다.

부메랑에 부딪히고 얻은 교훈을 풀어보자면, 약과 건강

기능식품은 엄격히 구분되어야 한다. 약은 질병을 치료하고 예방하는 물질로 특정한 질병에 대한 효능이나 효과를 명시할 수 있게 되어있다. 반면 건강기능식품은 어디까지나 영양제의 개념이기에 특정한 질병 이름을 언급할 수 없다.

일반의약품과 건강기능식품은 사용할 수 있는 성분부터 허가사항 혹은 제조방식에 대한 규제가 다르다. 일반적으로 건강기능식품보다는 일반의약품의 규제가 더 엄격하므로, 같은 성분 혹은 같은 함량의 제품이라면 일반의약품으로 출시된 제품을 선택하는 것이 현명하겠다. 대표적으로 비타민C 1,000밀리그램을 들 수 있다. 그러면 모든 일반의약품이 건강기능식품보다 뛰어나고 우월할까? 그렇지는 않다. 약에 준하는 효과를 보일지라도 의약품으로 허가를 받지 못하는, 프로바이오틱스나 오메가3 같은 경우도 있다.

내게 날아온 이 부메랑이 처음은 아니고 또 마지막도 아닐 것이다. 누군가는 이렇게 말하겠지. "그냥 가만히 있으면 안 맞을 텐데, 대체 왜?" 혹은 "아직 정신 못 차렸네" 하고 말이다. 찾아올 변수가 두려워 아무 일도 벌이지 않는 심정을 이해할 수 없는 건 아니지만, 아무 일도

하지 않고서는 아무것도 될 수가 없다. 많이 설명하지 않고는 잘 설명할 수 없기에, 약사는 많지만 나만큼 잘 설명하는 약사는 또 드문 것처럼(!) 말이다. 그리고 부메랑도 여러 번 맞아본 사람이 더 잘 피할 수 있지 않을까?

의약품이나 건강기능식품은 적절한 시기에 적절하게 먹어야 가장 좋은 효과를 볼 수 있고, 그러기 위해서는 양쪽 모두에 전문성 있는 사람과 상담하는 게 좋다. 그리고 내가 생각하기에 둘 다에 전문성을 가진 직종은 약사뿐이다. 그래서일까, 전과 같은 실수는 반복하지는 않지만 나는 블로그를 폐쇄하지 못하고 있다.

그렇게 오늘도 내게 돌아올지 모르는 부메랑을 날려 보낸다. 맞으면 어쩔 수 없지만, 아니 이번에는 맞기 전에 잘 피하도록 해보겠지만 그 행동이 필요한 사람들이 있을 테니 말이다.

3장

이러다
내가 약먹을 뻔

## "그럴 수도 있지"
## 라는 말

그런 상상을 했던 적이 있다. 만약 사후세계라는 곳이 있다면, 그곳은 살면서 내가 가장 많이 했던 말을 남의 입을 통해 계속 듣게 되는 장소라고 말이다.

저마다 입에 달고 사는 말은 다르다. 누군가는 "배고파"로 시작한 하루를 "배고파"로 끝낼 것이고, 또 사랑에 빠진 누군가는 "보고 싶다"는 말을 하루에 300번쯤 하겠지. 한국인들이 저세상에서 가장 많이 들을 말 1순위는 아마 "집에 가고 싶다"이지 않을까. 그건 집에 있어도 가끔 생각나는 말이니까.

내가 가장 많이 했던 말은 글쎄, 생을 통틀어서는 잘 모르겠다. 하지만 가장 많이 하고 싶은 말은 있다. 아직 젊은 나이니 꾸준히 말하기만 한다면 여태 무슨 말을 제일 많이 했든 간에 순위가 바뀔 수는 있을 것이다.

"그럴 수도 있지."

중국집에서 시킨 짜장면에서 머리카락을 발견하고 휴대전화를 찾던 내게 아내가 했던 말이다. 처음 아내가 그렇게 말했을 때는 내 편을 들어주지 않는 태도처럼 보여 조금 섭섭했다. 그런데 뒤이은 아내의 말에 나도 '그럴 수도 있겠다'라는 생각이 들게 됐다.

"여보도 약국하면서 실수할 때 있잖아. 어느 정도는 서로 이해하고 살아야지. 안 그래?"

그래, 나 역시 약국을 운영하면서 크고 작은 실수를 할 때가 있다. 그리고 그럴 때마다 이해해 주는 손님들이 있었기에 약국 문을 닫지 않을 수 있었지. 짜장면과 달리 약은 주로 아픈 사람들이 먹기에, 실수하지 않도록 더욱 주의해야 한다. 하지만 그럼에도 나는 언제나 크고 작은 실수들을 겪어왔다.

아내는 손바닥을 내밀었고 나는 머리카락을 건넸다. 그리고 아내는 휴지통 위로 손바닥을 탈탈 털어버렸다.

그때부터였던가, "그럴 수도 있지"라는 말이 내 입을

통해 나오는 가장 빈번한 말이 되었으면 좋겠다고 생각했던 순간이 말이다. 돌이켜보면 삶의 고비마다 사람들이 내게 해주는 무수한 말 중에서 "그럴 수도 있지"라는 말이 가장 큰 위로가 되었다. 그 말에는 내가 저지른 일에서 '어쩔 수 없음'의 영역이 있다는 걸 인정해 주는 듯한 느낌과 그러면서도 "다음에는 더 잘할 수 있지?"라고 묻는 듯한 태도가 녹아있는 것 같다.

실수 중에서도 약과 관련해서 발생하는 사고를 약화사고라고 하는데, 나 역시 대학병원에서 근무하던 새내기 약사 시절 약화사고를 크게 친 적이 있다. 그리고 그때도 "그럴 수도 있지"라는 말 덕분에 한 차례 구원을 받은 바 있다.

때는 약대를 졸업하고 대학병원에서 야간당직약사를 하던 시절이었다. 거의 1년 정도 근무하면서 대학병원 약제부가 어떻게 돌아가는지 어느 정도 파악한 상황이었다. 업무 특성상 장기간 근무하는 약사가 드물어 야간당직약사 중에서는 나름 고참급이던 시기였다. 모든 일이 그렇지 않을까. 어중간하게 익숙하고, 애매하게 안다고 자부할 때, 실수가 터지는 것 말이다.

그날 밤도 별다른 사건 없이 무난하게 보내고, 인수인계를 위해 일찍 출근한 약사님께 간밤에 일어났던 일을 전달했다. 그때, 급하게 검수해야 하는 처방전 한 장이 접수되었다. 저 처방전에 손을 대야 하나, 말아야 하나 고민하던 찰나에, 함께 근무하던 선생님이 나를 호출했다.

"선생님, 퇴근하시기 전에 이거만 좀 검수해 주실래요?"

원칙적으로 약제부로 접수되는 모든 처방전은 약사가 검수해야 병동으로 올라갈 수 있다. 처방은 입원환자 앞으로 나온 인슐린주사기. 인슐린주사기는 제1형당뇨병 환자가 사용하는 주사기 형태의 약이다. 주사기를 나눠서 조제하지는 않기에 제품만 잘 확인해서 검수를 마치면 됐었다.

당시 나의 몸은 약제부에 있었지만 영혼은 이미 집에 가서, 안락하고 포근한 침대에 쓰러져 있는 상황이었다. 저런 처방은 아침에 출근하신 약사님이 검수해 주셔도 될 것 같다는 생각을 했다가도, 분주히 업무를 준비하는 약사님에게 일을 떠넘기기에는 미안한 마음이 들기도 했다. 뭐, 간단한 처방이기도 했으니, 선생님이 가지고 온 인슐린주사기의 이름을 확인하고, 처방전에 사인을 해서 검수를 마쳤다. 그리고 퇴근하고 난 뒤에 그대로 침대에 쓰러졌다. 며칠 뒤에 일어날 후폭풍은 상상하지 못한 채 말이다.

야간당직 근무를 마친 상태에서 가장 두려운 게 있는데, 그건 바로 병원에서 오는 전화다. 보통 당직 근무자가 집에 자고 있을 걸 뻔히 알아서, 어지간한 일이 아니고서야 약제부에서 전화를 하지는 않는다. 즉, 전화를 건다는 사실은 어지간하지 않은 무언가가 발생했고, 그것을 빨리 확인할 필요가 있어 전화를 했다는 뜻이다.

일주일 정도가 지났을까? 그날도 정신없이 자고 있다가 알람소리에 눈을 떴다. '잠든 지 얼마 안 된 것 같은데 벌써 시간이 이렇게 됐나?' 싶은 마음에 휴대전화를 확인했더니 알람이 아니었다. 그토록 두려워하고, 오지 않길 바랐던 병원에서 걸려온 전화였다. 어지간하지 않은 일이 발생한 것이다.

무슨 일일까? 실수라도 했나? 전화벨이 울리는 짧은 시간 동안 간밤에 있었던 일이 빠르게 지나갔다. 이윽고 '별다른 일 없었는데?'라는 생각으로 전화를 받았다.

"아, 선생님. 쉬고 있는데 미안해요. 한 가지 확인할게 있어서 전화했어요. 잠깐 통화되나요?"

전화를 한 사람은 나 같은 평약사, 즉 일반적인 약사와 약제부장님 같은 간부약사 사이를 이어주는 유닛매니저(Unit Manager)약사님, 그러니까 UM약사님이었다.

'망했다.'

그나마 일반적인 업무를 처리하는 평약사의 전화였으면 단순히 확인을 위한 전화일 수도 있다. 하지만 간부급인 UM약사님이 전화를 걸었다는 건? 그건 100퍼센트 무언가 문제가 발생했다는 걸 의미한다. 나는 마른침을 꿀꺽 삼키고 대답했다.

"네, 가능합니다. 무슨 일이시죠?"

"다른 게 아니라 며칠 전에, 야간당직 하고 퇴근하시기 전에 인슐린주사기 하나 검수하셨던데… 맞나요?"

약사가 검수를 마친 처방전에는 모두 검수한 약사의 사인이 들어간다. 그리고 약제부에서는 약사들의 사인을 대조할 수 있는 대조표를 가지고 있다. 내게 전화가 왔다는 건 이미 내가 발뺌할 수조차 없는 상황이라는 셈이다.

"네…, 제가 검수했습니다. 혹시 무슨 문제가 발생했나요?"

"일단 알겠습니다. 쉬고 계시고요, 자세한 이야기는 다음에 출근하실 때 할게요."

내가 검수했던 인슐린주사기는 '휴마로그퀵펜주'라는 속효성 인슐린주사기였다. 처방받은 환자는 제1형당뇨병 환자였는데 혈당을 낮추는 인슐린을 거의 분비하지 못해서, 인슐린주사기를 통해 그 역할을 대신해야 했다. 기본적으로 제1형당뇨병은 완치할 수 있는 질환이 아니다. 그래서 인슐린주사기를 사용해 당을 조절하다가, 가끔 입원해 경과를 살펴보아야 하는 환자였다. 그런데 내가 검수하고 나서 보내줬던 약은 같은 회사의 '휴마로그믹스25퀵펜주'였다. 주성분 자체는 동일하지만 효과가 빨리 나타나는 속효성 인슐린주사기와 사용하는 횟수가 달랐다.

내가 약을 검수해서 올려준 그날은 입원했던 환자가 퇴원하면서 인슐린주사기를 받아 가는 날이었다. 정말 안타까웠던 부분은, 환자의 보호자가 병동에서 인슐린주사기를 열어본 후, 평소 쓰던 약과 다르게 색이 뿌연 것을 확인하고 간호사에게 질문했다고 한다.

"선생님, 인슐린주사기가 평소에 쓰던 거랑 다르게 조금 뿌연데요? 괜찮은 거죠?"

그때 간호사가 "약제부에 한번 확인해 볼게요"라고 말했다면 좋았겠지만, 병동의 간호사들은 매우 바빠서 "냉장고에서 방금 꺼내서 그런 거 같아요. 조금 지나면 괜찮아질 거예요"라고 대답해 버렸고, 그 설명에 납득한 보호자는 환자를 데리고 그대로 퇴원을 했다.

그리고 퇴원 후에 평소 사용하듯이 인슐린주사기를 사용하던 보호자는 환자의 혈당이 잘 조절되지 않자, 경과를 지켜보다 도저히 안 되겠다 싶어 환자를 데리고 다시 내원하게 됐다. 그 과정에서 내 실수가 발견된 것이다. 즉, 제대로 검수하지 못한 나의 1차 실수와 병동에서 환자에게 약을 전달하기 전에 한 번 더 확인하는 과정에서 누락된 2차 실수 그리고 보호자가 재차 문의했음에도 제대로 확인하지 않은 3차 실수가 모두 중첩되어 발생한 사고였다.

당시 나에게 전화했던 UM약사님은 통화를 마친 다음, 바로 환자의 집으로 방문해 인슐린주사기를 교환해 주었다고 한다. 다행히 보호자는 "사람이 그럴 수도 있죠. 다음부터는 주의해 주세요. 아시다시피, 우리 애는 이거 평생 써야 하는 거잖아요"라며 너그럽게 넘어가 주었다. 그 뒤로 약제팀장님과 약제부장님께 줄줄이 소환되어 견책을 받았다. 무엇보다 환자에게 큰 위해가 생기지 않았고, 보호자께서 너그러이 이해해 주셨기 때문에 혼나는 건 별 문제가 되지 않았다.

모든 실수가 "그럴 수도 있지"라는 말로 덮고 넘어갈 수는 없다는 건 잘 알고 있다. 그리고 사람과 사람 사이가 예전만큼 가깝지 않다고 느껴지는 오늘날에는 "그럴 수도 있지"라는 위로보다 "그럴 수가 있나?"라는 의문 섞인 질타를 더 내뱉기 쉽다. 그래도 만약 내 상상 속 사후세계가 진짜로 있어서 그래서 그곳에서 "사람이 어떻게 그래?"라는 말만 계속 듣고 살아야 한다면 정말이지 괴로울 것 같다.

　물론 실수를 저지른 사람이 "그럴 수도 있지"라고 말한다면 그것만큼 혈압을 높이는 원인도 없다. 그래도 그런 상황이 아니라 타인의 용서 앞에 내가 입을 열어야 하는 상황이라면, 나는 언제나 "그럴 수도 있지"라고 말하고 싶다.

　추운 겨울, 밖에서 눈사람이 되어버린 이의 어깨에 올려주는 외투 같은 말, 두 눈을 질끈 감았으나 아프지 않게 들어온 주삿바늘 같은 말.

　"그래, 그럴 수 있지."

## 이토록 위험한
## 알레르기

사위 사랑은 장모님이라 했던가. 장모님은 내가 과일을 좋아하는 걸 알고 계시기에 계절마다 제철과일을 챙겨주신다. 혹여나 과일을 깎다 손이라도 다칠까 봐 당신 손으로 하나하나 다 깎아주신다. 하지만 그런 장모님께서도 깎아주시지 못하는 과일이 있는데 바로 복숭아다. 장모님은 복숭아 껍질 알레르기가 있으셔서 복숭아 껍질을 만지시면 피부발진과 가려움증이 생기신다. 다행히 복숭아 자체를 못 드시는 건 아니라서, 가족모임에서 복숭아를 먹을 때는 꼭 아내나 내가 과도를 잡는다.

어느 통계자료를 보니 대한민국 국민의 25퍼센트 정도

가 알레르기가 있다고 한다. 주먹구구식으로 계산해도 4 인가족 중 한 명은 알레르기가 있다는 말이다. 하지만 실제로 이보다 더 많은 사람이 크고 작은 알레르기가 있는 듯하다. 알레르기의 증상이라는 게 사람마다 편차가 크다 보니, 증상이 가벼운 알레르기라면 본인이 자각하지 못하는 경우도 많다.

계속 몸이 붓고 두드러기가 나서 몸이 허해진 줄 알았어요. 보약 삼아 매일 삼겹살을 구워 먹었더니 집 밖을 나갈 수 없을 정도로 상태가 악화되었어요.

얼마 전 인터넷에서 본 글이다. 작성자는 30년 넘게 평범하게 살아왔는데, 어느 날 갑자기 돼지고기 알레르기가 있다는 사실을 알게 되었다고 한다. 이렇듯 본인이 자각하지 못할 정도로 약한 알레르기를 보유한 사람까지 더한다면 알레르기 환자의 숫자는 더 늘어날 것이다.

그래도 식품에 알레르기가 있는 경우는 그나마 낫다. 본인이 인지만 한다면 그 식품을 피하면 되기 때문이다. 요즘은 가공식품도 알레르기 환자를 배려해 '이 식품은 새우, 땅콩과 같은 제조시설을 이용하였습니다' 같은 문구를 기재하고 있어, 식품 알레르기가 있는 사람들에게 도움이 된다.

하지만 약물 알레르기는 식품 알레르기보다 더 주의해야 한다. 왜냐하면 평상시에 약을 먹진 않으므로 본인이 알레르기가 있는지 모르는 경우가 상당하고, 알레르기가 있다는 걸 알게 될 때는 대부분 몸이 약해져 있기 때문이다. 때문에 약국에서는 환자의 알레르기를 상당히 신경쓴다. 이를테면 환자가 특정한 약에 알레르기가 있다고 말하면 전산에 기록을 남겨 실수가 일어나지 않도록 한다. 다만 언제나 그렇듯 이 과정이 모든 경우에 적용되지는 않는다.

"항생제 알레르기가 있는데, 이거 먹어도 되나요?"

복약지도를 하다 보면 이런 질문을 받곤 한다. 약국에서 가장 흔하게 볼 수 있는 약물 알레르기의 케이스는 크게 두 가지로 나뉜다. 한 가지는 소염진통제 알레르기이며 나머지 하나는 항생제 알레르기이다. 그중 항생제 알레르기는 더 까다로운데, 경우의 수가 너무 많아서이다. 우선 항생제의 작용기전에 따른 계열이 몇 가지 있고, 각각의 계열 아래에 성분이 또 여러 가지 있다. 단순히 계산해도 수십 가지 경우의 수가 생기는 셈이다. 물론 기관지염에 주로 사용하는 항생제라면 조금 더 범위를 줄일 수는 있겠지만, 그렇다고 환자의 질문에 주먹구구식으로 대답할 수는 없는 게 약사의 입장이다.

"혹시 어떤 항생제인지 알고 계신가요?"

"아니요."

여태껏 이 질문에 "네"라고 대답한 손님은 정말 손에 꼽는다. 이런 경우에는 확실하게 대답하기는 어렵고, "예전에 어떤 증상으로 먹은 항생제에 알레르기가 있었나요?", "병원에는 항생제 알레르기가 있다고 말하셨나요?", "알레르기의 정도는 어느 정도인가요? 피부가 가려운 정도인가요? 아니면 숨 쉬기 힘들 정도였나요?" 같은 질문을 한다. 그리고 일단 처방대로 복용하고 이상이 있다면 바로 병원이나 약국으로 연락을 달라고 안내하게 된다. 아직까지는 이것보다 더 나은 명확한 해답을 찾지는 못했다.

항생제 알레르기보다 덜 까다로울 뿐이지, 소염진통제 알레르기 역시 주의해야 한다. 모든 항생제가 전문의약품으로 분류되어 의사의 처방이 필요하지만, 소염진통제는 일반의약품으로 허가된 성분도 많아서이다. 다시 말해 소염진통제와 달리 약국에서 항생제를 받아 가는 사람들은 적어도 한 번은 병원에 다녀온 사람이라는 뜻이다. 이럴 때면 약물 알레르기에 대한 검토를 의사가 한 번, 약사가 또 한 번 하게 된다. 그리고 처방된 의약품은 처방한 기록과 조제한 기록이 다 남기 때문에 알레르기가 있는 성분을 역추적할 때도 용이하다.

그러나 소염제는 일반의약품으로 허가된 성분도 많거니와, 약국에서는 일반의약품을 구매할 때는 처방이나 조제한 기록을 따로 남기지 않는다. 때문에 환자 본인이 구매한 약의 이름을 정확하게 기억하고 있지 않는 한, 알레르기 여부를 역추적하기도 매우 까다롭다. 나 역시 이와 관련해 낭패를 본 기억이 있다.

중년 여성이 딸의 생리통 때문에 진통제를 사러 오면서 '게보린'을 찾았다. "두통, 치통, 생리통엔!"이란, 제약업계 광고 중 가장 유명한 카피를 지닌 상품 말이다. 다만 게보린은 미성년자가 복용할 경우에는 꼭 한 번 확인을 해야 한다.

"따님이 몇 살인가요?"

"이제 중학교 2학년이에요."

"게보린은 만 15세 미만이라면 복용하지 않는 게 좋습니다. 그 나이면 이제 생리통이 시작될 나이 같네요. 생리통에 잘 듣는 진통제를 드리겠습니다."

게보린은 아세트아미노펜과 카페인 그리고 이소프로필안티피린의 복합성분이다. 그중 이소프로필안티피린의 안정성 논란이 있은 후, 만 15세 미만은 이를 복용하지 않도록 주의사항이 바뀌었다. 하지만 의사나 약사 같은 전문가가 아니라면 이런 사실을 잘 모를 때가 많다. 그래서 미성년자가 복용을 원할 때는 꼭 나이를 확인하고 다른 제품을 건네고 있다.

"어머, 그랬나요? 몰랐네요. 알려주셔서 감사합니다."

당연히 내가 할 일을 했는데 고맙다는 말까지 들어 기분이 좋았다. 약국의 매출을 많이 올릴 때보다 이런 소소한 인사를 들을 때, 약사로서 무엇보다 큰 보람을 느낀다. 하지만 나의 보람은 그리 오래 가지 않았다. 약 1시간 정도 지난 뒤, 그 여성이 딸과 함께 다급하게 약국 문을 열고 들어온 것이다.

"약사님! 저 아까 생리통약 샀던 사람인데요, 우리 애가 약을 먹더니 갑자기 숨을 못 쉬겠다고 그러는데… 어떡하죠?"

약사는 의사가 아니다. 환자를 진단하거나 처치할 순 없다. 하지만 아이의 상태는 얼핏 보아도 심상치 않았다. 얼굴이 붉게 부어오르며 거친 숨을 몰아쉬는 상태, 다른 원인이 없다면 진통제 알레르기에 의한 아나필락시스로 의심되었다.

"어머니, 일단 진정하시고요, 제가 드린 약이 아이가 먹어선 안 되는 약은 아닙니다. 다만 그 성분에 알레르기가 있었던 거 같습니다. 일단 제가 119를 부를 테니 여기서 조금만 기다려 주세요."

구급대원이 오는 5분 정도의 시간이 너무나 길게 느껴졌다. 나는 나대로 약사의 의무를 다해 최적의 제품을 권해드린 건데, 하필 그 성분에 알레르기가 있었을 줄이야…. 숨을 몰아쉬는 학생에게 미안했고, 보호자인 여성에게도 미안했다.

"어머니, 구급차가 금방 온다고 합니다. 이거 우황청심원인데 일단 드시고 조금 진정하세요. 이건 제가 드렸던 약 성분이니깐 응급실 가서 보여드리면 조치를 취할 겁니다."

그렇게 우황청심원과 약 성분을 적은 종이를 건네고, 여성과 딸을 구급차에 태워 병원으로 보냈다. 하지만 보내고 나서도 여러 가지 생각으로 마음이 복잡했다.

'혹시 약물 알레르기가 있나 물어봤어야 했나? 아이는 괜찮겠지? 나중에 다시 와서 화내시려나…. 차라리 그냥 게보린 달라고 할 때 그냥 드릴걸.'

심장은 두근거리는데 마음은 너무나 착잡했다.


살다 보면 착한 마음으로 한 행동이 올바른 결과를 이끌어내지 못할 때도 있다. 그렇게 내 선의가 타인에게 따끔한 가시로 변하는 순간을 마주하게 되면, 앞으로 누군가에게 손을 건네기가 망설여질 수도 있다. 그래도 조금 더 조심할지언정, 내 손바닥을 한없이 바라봐야 할지언정 누군가에게 손을 뻗는 일을 그만두어서는 안 된다.

실수를 피하는 사람보다 실수를 마주하고 성장하는 사람, 지레 겁먹기보다 당신의 아픔 쪽으로 몸을 기울이는 사람. 아마 우리에게 필요한 사람은 그런 사람이지 않을까?

## 바셀린에
## 얽힌 추억

덥고 습한 여름이 지나면 쌀쌀하고 건조한 가을이 찾아오는데, 이때쯤에는 매대에 있는 제품의 구성을 조금씩 바꾸곤 한다. 여름철 시즌상품인 모기약이나 모기기피제 등은 안쪽 매대로 옮기고, 가을부터 겨울까지 꾸준히 나가는 립밤이나 마스크 등은 바깥쪽 매대에 배치한다. 그런 와중에 계절을 가리지 않고 꿋꿋이 자리를 지키는 보습제가 눈에 들어온다. 시간이 흐르며 많은 제품이 새로 나오고 또 없어지지만, 얘는 긴 시간 동안 살아남은 녀석이다. 통통하고 노란빛을 띤 몸통에 진한 파란색 뚜껑이 시그니처인 초 장수 보습제, 바로 '바셀린'이다.

약국에서 하나둘 팔리는 바셀린을 보니 대학병원에 근무하던 당시에 있었던 일이 생각났다. 사실 바셀린은 약이 아니다. 그렇지만 피부에 자극적이지 않으면서 가벼운 피부질환을 예방하고 치료하는 데 도움이 돼, 병원에서 입원한 환자용으로 처방이 나올 때가 많다. 오래 입원하다 보면 입술이나 피부가 건조해지고는 하는데, 주로 그럴 때 처방이 난다. 이러한 경향은 특히 어린이가 입원했을 경우에 더 많이 발생한다. 아무래도 어른보다 아이들의 피부장벽이 더 약해, 보다 잘 건조해지기 때문이다.

그런데 병원에서 사용하는 바셀린은 우리가 일반적으로 약국에서 흔히 보는 50그램 혹은 100그램 제품이 아니라 무려 500그램 제품이다. 즉, 아이스크림 파인트 사이즈 정도 크기의 통에 들어있는 제품을 사용한다. 물론 한 번에 한 통을 전부 병동으로 보내지는 않고, 처방에 따라 10그램이나 20그램 통에 나눠 담아 사용한다. 스파툴라라는 칼로 하나하나 손으로 떠 통에 담는 수고를 거쳐야 하는 것이다.

대학병원의 약제부는 특히 오전이 바쁘다. 입원해 있는 환자들이 당일에 복용할 약을 전부 조제하고 검수해서 보내야 하기 때문이다. 프린터는 쉴 새 없이 돌아가면서 의사가 내린 처방전을 인쇄하는데, 하루치 처방전이 어지간한 사전보다 두껍다. 이 처방전을 약사들이 네다섯 등분해서 1차 검수를 한다. 의무기록을 체크하고 이전 투약량과 비교해 변화된 부분은 없는지, 용법과 용량, 사용기한은 잘 지키고 투약하고 있는지를 체크하는 과정이다.

1차 검수가 끝나면 처방전을 서로 교환해서 교차로 체크하는데 이를 2차 검수라고 한다. 1차 검수를 한 약사가 놓친 부분이 있는지 한 번 더 훑어보는 단계다. 2차 검수까지 마쳤으면 또 한 번 처방전을 바꿔 최종검수를 한다. 이때는 각 병동으로 올라갈 약들이 들어있는 카트에 처방전을 들고 가서, 각 환자에 맞게 약이 잘 들어가 있는지 실물과 대조하면서 확인한다.

이처럼 약을 검수하는 과정은 복잡하고 힘들지만, 그 중에서도 소아과병동의 약은 더욱 까다로운 편이다. 어느 정도 정해진 적정량을 복용하는 어른과 달리, 소아들은 체중에 따라 복용하는 약의 양이 천차만별이고, 그걸 하나하나 계산해서 검토해야 하기 때문이다. 특히 대학병원 특성상, 소수점 단위로 처방이 나는 신생아의 약도 많아, 절대로 실수해서는 안 된다는 부담이 커 모두가 맡기를 꺼려했다.

그날은 내가 소아과병동의 약을 최종적으로 검수하는 날이었다. 야간당직약사로 대학병원에 입사했지만 주간에 다른 일정도 없었고, 조금이라도 업무를 빨리 배우고 싶어 주간근무에도 파트타임으로 일하던 시기였다. 어느 정도 업무에 익숙해져 있을 때였지만, 소아과병동을 검수하기란 여전히 버거웠다. 애매한 부분은 틈틈이 확인해 봐야 해서 카트와 컴퓨터를 오가다 보니 작업은 더욱 느려졌다.

"선생님, 아직 검수 다 안 끝났나요? 이제 슬슬 배송하러 올라가야 되는데…. 간호사 선생님들, 약 늦으면 진짜 화내요…."

오전 배송을 담당하는 선생님의 재촉에 마음이 더 급해졌다. 결국 마음이 급해지다 보니 실수를 하고 말았다. 입원한 아기의 입술에 바를 바셀린 통을 열어보지 못한 채 사인을 해버린 것이다.

그날 오후, 약제팀장님의 호출을 받았다. 병원에 있는 약국에서 평약사가 약제팀장님에게 호출되는 경우는 거의 없다. 약사의 실수로 인해 사고가 발생한 게 아니라면 말이다. 걱정되는 마음으로 약제팀장실에 들어갔다.

"약사님. 오늘 오전에 소아과병동, 최종검수 하셨죠?"

약제팀장님의 책상 위에는 소아과병동의 처방전 사본이 있었고, 오른쪽 상단의 사인란에는 명백한 나의 사인이 들어가 있었다. 혹시나 실수했을 때 위험할 수 있는 약이 있는지 재빠르게 스캔해 보았다. 특별히 실수했을 만한 것은 보이지 않았다.

　"네, 팀장님. 제가 검수했습니다."

　"거기 보이는 아기 이름으로 바셀린 처방된 거, 혹시 검수할 때 뚜껑 열어서 확인했나요?"

　응? 바셀린? 그러고 보니 바빠서 못 열어봤었지….

　"아뇨, 죄송합니다. 오전에 검수가 너무 밀려 미처 열어서 확인하지 못했습니다."

　이후 팀장님을 통해 사건의 전말을 들을 수 있었다. 입원해 있는 아기의 입술이 자꾸 부르터 걱정이 된 보호자가 간호사에게 이야기를 했단다. 이후 주치의 선생님이 아기의 이름으로 바셀린을 처방했지만, 안타깝게도 약제부에서 준 것은 같은 통에 들어있던 포비돈요오드였다.

　포비돈요오드는 상처를 소독하고자 사용하는 약이다. 약국에서 판매하는 포비돈요오드는 보통 액체 형태지만 병원에서 사용하는 포비돈요오드는 바셀린처럼 젤리 형태다. 그리고 바셀린처럼 10그램, 20그램씩 통에 덜어 사용한다. 즉, 내가 열지 않고 사인했던 처방전 중 하나에 바셀린이 아닌 포비돈요오드가 들어있던 것이다.

병동에서 간호사가 아기의 입술에 발라주기 전, 한 번 더 확인을 했다면 좋았겠지만 그러지 못했나 보다. 결국 아기 입술에는 붉은색 포비돈요오드가 립스틱처럼 발리게 되고, 잠시 자리를 비웠다 돌아온 보호자가 놀라 "선생님! 아기 입술이 피범벅이 되었어요!"라고 간호부에 이야기하게 된 것이다.

뚜껑을 열어보면 색깔부터 차이가 날 텐데 왜 그걸 그냥 발라줬을까? 바르기 전에 한 번만 더 확인해 줬으면 간단했을 건데…. 물론 내 잘못이 가장 컸지만, 간호부에 서운한 마음이 드는 것도 어쩔 수 없었다.

다행히 아이에게 큰 위해가 될 사고는 아니었다. 다만 사건의 1차적인 책임은 나에게 있기에 사과하기 위해 병동에 올라갔다. 우려했던 것과는 달리 아이의 보호자는 흔쾌히 용서했고, 아이들이 입원해 있는 곳이니 조금 더 신경 써달라고 당부했다. 사건 자체는 걱정과 달리 간단히 마무리되었다. 다만, 그날 내가 보았던 입원병동의 환경이 너무 충격이어서 잊히지가 않았다.

사실 대학병원 약제부에서 일하면 입원병동에 올라갈 일은 거의 없다. 대학병원의 약사는 기본적으로 약제부에서만 근무한다. 그래서 병원약사의 물리적인 근무환경은 상당히 좋은 편에 속한다. 약제부는 3,000종 이상의 약을 올바르게 보관하고자 1년 365일 항온항습 상태다. 그래서 덥거나 혹은 춥거나 또는 습하지 않아 늘 긴팔을 입고 일한다. 그리고 퇴원환자를 제외하면 환자를 직접 대할 필요가 없는, 즉 대면에서 오는 스트레스가 적은 근무환경이다. 그러다 보니 당시 나에게 환자란 말하고 움직이는 사람이라기보다 오히려 처방전과 의무기록에 있는 데이터 조각에 더 가까운 느낌이었다.

그에 반해 처음 올라간 병동은 살아 숨 쉬는 전쟁터였다. 여기가 정말 내가 일하는 곳과 같은 직장이 맞나? 눈을 의심했다. 아이들이 저마다 팔에 주렁주렁 링거줄을 단 채 울고불고했고, 그 옆에 있는 보호자들은 어쩔 줄 몰라 안절부절못했다. 그리고 간호사들은 그 혼란스러운 장소를 바람같이 뛰어다니고 있었다. 와, 정말 이 정도면 통을 열어도 바셀린인지 포비돈요오드인지 확인해 볼 시간조차 없겠구나. 일단은 뭐든 빨리 발라줘야 다른 일을 할 수 있겠다는 생각이 드는 환경이었다.

그때까지는 간호부에 대해 좋지 않은 편견이 많이 있었다. 원리원칙을 지켜 근무하는 약사들에게 항상 약이 급하다고 화내는 사람들, 급하다는 말만 하면 다 해결될 것이라고 생각하는 사람들, 처방 한 번 확인해 달라고 부탁하면 바쁘다고 난색을 표하는 사람들, 내가 느끼는 대학병원의 간호사들은 그런 사람들이었다. 오죽하면 '성격이 나쁜 사람들만 간호사를 하는 게 아닐까' 하는 이상한 생각을 하기도 했다.

하지만 쉴 새 없이 돌아가는 입원병동의 상황을 직접 눈으로 보니, 그들도 나와 같은 평범한 사람이라는 사실을 알게 되었다. 아니, 오히려 사명감만큼은 나보다 더 뛰어난 것 같았다. 온실 속에서 징징대는 화초가 된 느낌이라 부끄러운 마음이 컸다.


무엇이든 당해보지 않으면 그 일을 겪고 있는 사람을 이해하기 어렵다. 근무환경이 다를지라도 어쨌든 같은 직장인데, 나는 그들을 전혀 이해하지 못하고 있었다. 하물며 다른 직장, 나아가 다른 일의 힘듦을 알아채기란 정말 어려울 것 같다. 그래서 조금만이라도, 상대의 입장에서 생각하는 자세가 필요하다고 생각한다. '오죽 급하고 바

쁘면 저럴까?'라고 배려하는 자세 말이다. 오늘도 약국에
서 바셀린을 보고 있으면 병동에서 정신없이 뛰어다니고
있을 간호사 선생님들이 생각난다.

## '불량'이라는
## 글자

단어는 사람마다 다르게 읽힌다. 누군가는 '배달'이라는 단어를 듣고 당구장으로 오는 철가방을 생각할 것이고 다른 이는 커다란 트럭 뒤에 실린 박스들을 연상하듯, 한 가지 단어는 각각의 사람들을 만나 서로 다른 생각 속으로 팔을 잡아끈다.

'불량'이라는 단어도 그렇다. 위험천만한 단어라지만 어딘가 어감이 귀엽다. 어릴 때 먹었던 불량식품의 추억 때문일까, "불량, 불량" 계속 발음하다 보면 그때 거기 있었던 문구점으로 성큼성큼 걸어가는 느낌마저 든다.

색색의 불량식품들이 매대 위에 가지런히 놓여있고, 오

락기 화면 속 꼬마 용들이 비눗방울을 뿜어대던 문구점은 어린이들의 소망을 그러모아 만들어 놓은 장소 같았다. 그리고 나 역시 북적이던 선망의 공간을 종횡하던 아이 중 한 명이었다.

아마 그때는 불량의 정확한 의미조차 잘 모르지 않았을까. 글자의 뜻보다 와닿는 건 달짝지근한 설탕의 맛이었기에, 내게 있어 불량이라는 단어는 '품질이나 상태가 나쁨'이라는 사전적 의미 외에도 어딘가 둥글고 또 말캉한 부분이 있는, 이중적인 의미를 지닌 단어로 자리하게 되었다.

그러나 약사로 일하면서 만난 불량들은 내 마음 한편에 고이 둔, 둥글고 말캉한 그것과는 상당한 차이가 있었다. 가지각색이라는 점을 제외하고는 공통점이 하나도 없었다. 병원과 약국에서 만났던 불량들은 맛도 없고, 이상하고, 무엇보다 위험했다.


약사로서 만나는 불량들은 당연히 불량의약품이다. 그리고 가장 흔한 불량의약품 사례는 수량이 잘못 들어있는 경우다. 주로 통으로 되어있는 조제용의약품에서 간혹 발생하는데, 30정이 들어가 있어야 하는 통에 29정이 들어가 있거나, 31정이 들어가 있는 식이다. 솔직히 한 알에 3,000원이 넘는 비싼 약이 하나 더 들어있는 경우에는 조용히 넘어가고 싶은 유혹에 빠졌던 적도 있다. 하지만 의약품 수량이 잘못되어 있으면 더 많을 때도, 더 적을 때도 사용해서는 안 된다. 만에 하나 공정 자체에 문제가 발생했다면, 해당하는 의약품과 함께 생산된 모든 제품을 수거해야 하기 때문이다.

그다음으로 종종 발생하는 사례는 포장이 불량한 경우다. 특히 개별로 포장되어 있는 시럽제품에서 불량이 발생하면 일이 좀 더 복잡해진다. 우리 약국에는 기침가래약으로 많이 사용하는 약이 있다. 그런데 어느 날 이 약을 챙기던 도중, 약에서 나온 액체가 포장지에 묻은 것을 확인했다. 밀봉되어야 할 액체가 새어 나왔다? 즉시 그 통에 들어있는 다른 약들을 전부 꺼내 확인해 보았다. 두 포정도에 미세한 칼집이 나 약이 새고 있었다.

기본적으로 약국은 환자의 전화번호를 가지고 있지 않다. 그래서 전화번호를 수집하는 병원에 부탁을 했다.

"처방받아 가신 약에 불량이 발생해 환자분들께 연락해야 합니다. 부탁드리겠습니다."

이후 환자들의 약은 교환해 주었다. 그리고 제약회사에

서 조사한 결과, 낱개로 포장된 약을 자르는 기계에 오류가 생겼다는 게 밝혀졌다. 이후 해당되는 라인에서 생산된 제품은 모두 교환을 받았다.

단어는 사람마다 다르게 읽힌다. 그리고 때에 따라서도 다르게 읽힌다. 나는 어릴 때와 달리 불량이라는 글자에 깃든, '품질이나 상태가 나쁨'이란 뜻에 어느 정도 책임을 져야 하는 입장이 되었다.

어린 시절 간직했던 소중한 추억 위로 취소선을 긋는 일은 착잡하기 그지없다. 불량의약품들을 마주하면서 나는 나만의 사전에 적은, '둥글고 말캉함' 위에 두 줄을 긋고 대신 '번거롭고 위험함'을 쓰게 됐다. 그렇게 나는 알록달록한 문방구의 세계에서 흰색 가득한 약국의 세계로 완전히 넘어오게 되었다. 아이가 언제까지나 어른일 수는 없듯이, 어쩌면 많은 사람들이 뒤돌아보고 싶은 마음을 꾹 참고 앞을 쳐다보듯이, 가지고 있던 추억들을 타임캡슐에 넣어둔 채로 말이다.


내가 겪었던 불량의약품 사건의 끝판왕은 바로 부형제가 불량했던 사건이다. 부형제란 알약의 부피를 늘리고 적당한 모양을 만들고자 첨가하는 물질이다. 일반적으로 약효에 미치는 영향이 거의 없어, 의사나 약사도 별로 신경 쓰지 않는다. 하지만 세상에 '절대'는 없지 않은가. 사건의 발단은 이른 아침에 약국으로 온 한 통의 전화였다.

"약국이지요? 거기서 받은 약이 좀 이상해서 연락을 드렸습니다."

조제해 준 약이 이상하다는 전화를 받게 되면 항상 긴장하게 된다. 혹시 내가 실수했나? 환자가 무언가 착각한 건 아닐까? 이럴 때면 처방한 내역을 조회해 시시티브이를 돌려서 보고 전후상황을 정확하게 확인한다. 그리고 환자에게 양해를 구한 뒤, 복용을 중단하고 최대한 빨리 약국으로 방문해 달라고 요청한다. 누구의 잘못인지 따지기에 앞서, 문제의 소지가 있는 약을 먹게 할 수는 없기 때문이다.

"네, 약이 어떻게 이상해서 그러신가요?"

"거기서 처방받은 약인데요, 약이 녹아서 뭉개져 있네요. 색깔도 이상한 듯하고… 이거 먹으면 안 되는 거 맞죠?"

"많이 놀라셨겠네요. 남은 약은 복용하지 마시고 최대한 빨리 약국으로 방문해 주세요. 제가 확인해 볼게요."

육안으로 확인할 수 있을 정도로 제품이 변질되었다면

절대 복용해선 안 된다. 전화를 끊고 환자가 이상하다고 지적한 약의 재고를 먼저 확인하고 이상여부도 살펴봤다. 다행히 현재 약국에 보관된 제품에는 별다른 이상이 없었다. 안도감이 약간 들었는데, 그날 오후에 그 환자가 약을 들고 약국에 방문했다.

"아까 전화했던 사람인데요, 약 가지고 왔습니다. 한번 확인해 주실래요?"

혹시라도 '화가 많이 나 대화가 힘들면 어쩌지'라고 걱정했지만 다행히 환자는 차분하게 상황을 설명했다. 그리고 약을 확인했는데 이럴 수가, 확실히 환자가 지적한 약의 색상이 변해있었다. 작은 알약에 곰팡이 같은 검은 얼룩이 있는 게 아닌가. 시시티브이로 확인까지 마친 상황이어서, 정말로 약에 문제가 생겼으리라고는 생각하지 않아 충격이 더 컸다.

우리가 먹는 약은 대부분 습기에 민감하다. 그래서 너무 습한 곳에 약을 보관하면 간혹 곰팡이가 생기곤 한다. 특히 '냉장고에 약을 넣으면 더 오래 보관할 수 있지 않을까?' 하는 마음에 냉장고에 보관했다 약이 모두 변질된 케이스를 본 적도 있었다. 냉장고를 열고 닫는 과정에서 습기가 들어간 것이다.

하지만 이번에는 그때와 조금 달랐다. 보관이 잘못되어 약이 변질된 경우는, 보통 함께 포장된 다른 약들도 같이 변질될 때가 많다. 하지만 이번에는 함께 조제한 다른 약들은 이상이 없는데, 유독 한 녀석만 이상한 것이다. 약사인 내가 보아도 명백한 불량의약품이었다.

"일단 병원에 이야기할 테니 다시 처방전을 받아 오시면 당장 드실 약은 바로 조제해 드리겠습니다. 이 제품은 제가 제약회사에 연락해서 원인을 분석한 다음, 다시 연락드리겠습니다."

나로서는 제약회사에서 공급받은 약을 유통기한 내에 정상적인 방법으로 조제했기 때문에 법적으로 책임을 질 부분은 없다. 다만 약을 받아 간 환자 입장에서 생각하면 마른하늘에 날벼락 아닌가. 당연히 도의적으로 원인을 규명하고 제약회사에 이야기해 환자가 합당한 보상을 받도록 해야 한다.

이후 회사에서 자체적으로 조사한 결과, 부형제에 문제가 생겨 습기를 더 머금어 벌어진 일로 밝혀졌다. 해당 제품은 모두 회수된 후 폐기되었고, 이후에 새롭게 생산한 제품을 공급받을 수 있었다.

불량식품을 달고 살던 나는 불량의약품이라면 치를 떠는 약사가 되었다. 간직했던 걸 잃어버린다는 건 언제나 사람을 조금 슬프게 하지만, 불량이라는 단어를 좋아하는 약사는 뭔가 이상하니 아쉬움은 뒤로하기로 한다.

그래도 잃어버리기만 한 것은 아니다. 학교와 병원을 거쳐, 약국에 오기까지 내겐 수많은 단어들의 새로운 뜻이 생겼다. 약은 물론이고 책임이라든가 도덕 혹은 돈이라는 단어에 이르기까지 선망의 장소에 있었던 때와는 달리 새로운 단어의 뜻들을 손에 넣게 되었다.

불량의약품 사건들을 겪으면서 여러 번 수정했던 단어하나를 소개하자면 다음과 같다.


약사: 환자들에게 '온전한' 약을 조제해 주는 사람.

# 말하지
# 않아도
# 아니요

말을 거는 일은 어렵다. 뒤돌아 있는 누군가의 어깨를 조심스럽게 건드리고는 그 사람이 뒤를 돌아보기까지의 시간을 견디는 일도, 그렇게 돌아본 사람의 눈을 마주 보고 어째서 당신을 불러 세웠는지 설명하고 또 설득하는 일도 힘들다.

　직접 얼굴을 보지 않는다면 더 편할까? 그렇지도 않다. 손가락 몇 번 움직이면 하고 싶은 말을 전송해 보낼 수 있음에도, 휴대전화 위의 손은 단호히 제 갈 길을 가지 못한다. 손가락 끝에 걸쳐있던 마음이 단단한 액정에 부딪혀 튕겨져 나가버린 것일까? 말은 손끝으로 빠져나가지 못하고 삼켜진 채 내 몸속 어딘가로 깊숙이 들어가 버린다. 오죽하면《낯선 사람에게 말 걸기》라는 책도 있을까.

그래도 이렇게 힘들지언정 말을 거는 일은 중요하다. 너무 당연한 사실이지만 말을 하지 않으면 아무도 내가 말하고 싶었던 바를 알아챌 수 없기 때문이다. 눈빛만 봐도 서로 알 수 있는, 이심전심이 펼쳐지는 상황은 드물다. 대다수의 사람들은 서로의 눈만 보고 각자가 원하는 바를 알 수 없다.

특히 말해줄 것, 상대가 미리 알아야 할 사항이 있다면 먼저 말해주는 게 중요하다. 이미 돌부리에 걸려 넘어진 사람에게 "어이구, 거긴 넘어지기 쉬운데 조심하세요"라고 말한다면 그건 조롱밖에 되지 않는다. 그 말이 필요한 사람에게 어떤 일이 벌어지기 전에 먼저 말해주는 일은 "나는 당신을 이렇게나 생각합니다"라는 메시지와 같다.

이러한 자세의 중요성은 약사가 환자를 상대할 때 역시 마찬가지다. 아니, 더욱 중요하다. 특히 복약지도를 할 때, 일어날 수 있는 부작용에 대해 말하는 게 그렇다. 이때는 도의적인 부분을 막론하고, 약물부작용으로 문제가 생기면 '약사가 해당 부작용에 대해 복약지도를 했는가?'

가 쟁점이 되어서다.

드물게 치명적인 부작용이 발생할 경우에는 사회적으로 큰 논란이 생기기도 한다. 몇 년 전에 독감치료제를 복용하고 환각증상이 일어나 아파트에서 추락한 학생의 경우도 그러하다. 당시에도 약국에서 부작용 중 하나인 환각증상에 대해서 미리 언질을 주었는지가 쟁점이 되었다.

의약품의 설명서를 읽어보면, 깨알같이 작은 글씨로 아주 많은 정보가 빼곡히 적혀있다. 그리고 그 정보에는 우리가 생각할 수 있는 거의 모든 부작용이 전부 기재되어 있다. 하나하나 읽다 보면 내가 약을 먹는 건지 독을 먹는 건지 헷갈릴 정도다. 모든 부작용을 환자에게 고지하기란 현실적으로 불가능해서, 복약지도에서는 주로 자주 일어날 수 있는 부작용에 주의를 준다. 그리고 또 다른 불편한 증상이 생기면 바로 복용을 중단하고 병원이나 약국으로 연락을 달라고 전하는 편이다. 하물며 환각증상 같은, 매우 드물지만 치명적인 부작용을 제대로 설명하는 것 역시 쉽지 않다.

"이 약을 먹으면 환각증상이 생길 수 있으니, 아드님을 잘 감시하세요."

약사가 이렇게 말한다면 부모로서 자녀에게 약을 먹일

수 있는 사람이 얼마나 될까? 적당한 선을 정해 잘 설명하기란 언제나 어려운 것 같다.

부작용을 먼저 말해주는 일 외에도 소아과에서 처방받은 약을 조제하는 약국은 신경 써야 할 부분이 하나 더 있다. 바로 약의 형태에 관한 점이다. 성인을 대상으로 한 약은 우리가 흔히 알약이라고 말하는 정제 혹은 캡슐의 형태로 나온다. 반면 어린아이가 먹는 약은 대부분 가루나 시럽 형태이다. 혹은 알약을 빻아 가루로 만들어 조제하기도 한다.

기본적으로 아이들이 먹는 약은 어렵다. 잠깐 언급했듯 성인이 먹는 약과 달리, 아이들이 먹는 약은 체중에 따른 미세한 용량의 차이를 계산해야 한다. 또 약을 가루로 분쇄해야 하고, 그것을 균등하게 분배해야 한다. 갈아서 섞고 분배하는 과정을 거치기 때문에, 실수를 하게 되면 어느 과정에서 잘못된 건지, 조제한 약사조차 알기가 어려워 상당히 주의해야 한다.

아이들 약 중에서 가장 조심해야 하는 부류는 뒤에 '건조시럽'이란 이름이 붙은 녀석들이다. 건조시럽은 말 그대로 건조 상태의 가루로 된 약인데, 복용할 때 물에 녹여

시럽으로 만들어 먹도록 설계됐다. 시럽이면 시럽이고 가루약이면 가루약이지, 건조시럽이라는 이상한 제형은 도대체 왜 만든 것일까?

보통은 물에 녹여 시럽으로 만들어 유통하면 약의 안정성이 많이 떨어진다. 그래서 오래 보관하기 어려운 경우에는 건조시럽으로 만들게 된다. "우리는 여기까지야, 뒷일을 부탁해!"라며 제약회사가 약국에 배턴을 넘기는 셈이다.

건조시럽의 문제점은 바로 보호자가 집에서 약을 찾을 때, 시럽이 하나 빠졌다고 오해하기 쉽다는 점이다. 우리 약국에서 해열제로 많이 사용하는 건조시럽도 마찬가지어서 약국을 처음 운영하던 당시에는 문의전화가 정말 많이 왔었다. 가끔은 전화도 없이 흥분한 채 약국에 다시 방문하는 보호자도 있었다.

"아까 아기가 열나서 약 받아 간 사람인데요. 약을 하나 빼먹으신 거 같아 이렇게 다시 왔어요. 해열제가 빠진 듯한데 맞죠?"

해열제가 빠진 것 같다는 말은 정말 자주 받는 질문이라서, 복약지도를 할 때면 "해열제는 가루로 들어있습니다"라고 꼭 안내하고 있다. 하지만 바빠서 내가 한 말을 잘 기억하지 못하는 손님도 있고, 약을 받아 가는 사람과 약을 먹이는 사람이 다르면 내용이 전달되지 않아 오해가 발생하기도 한다.

이런 오해가 자꾸 쌓이는 걸 두고 볼 수는 없는 일. 이제는 물에 녹여야 하는 건조시럽이 처방받아 나갈 때면, 복약지도를 적어놓은 전산봉투에 한 줄을 추가한다.

—이 의약품은 가루약으로 조제됩니다. 충분한 물과 함께 먹이세요.

해당 문구를 넣은 이후로 해열제가 없다는 문의가 많이 줄었다. 어쩌다 문의가 오면 "이 제품은 가루약입니다. 봉투 아래에 '가루약'이라고 적힌 문구를 확인하실 수 있습니다"라고 말한다. 그러면 놀란 마음에 전화했던 보호자들도 상황을 쉽게 받아들인다.

먼저 입을 여는 일은 어렵다. 그리고 먼저, 미리 입을 여는 일은 더 어렵다. 누군가는 "그냥 조금만 더 신경 쓰면 되는 거 아냐?"라고 말하겠지만, 그건 한 번은 오롯이 당신의 처지가 되어보는 일이기도 하기 때문이다. 그러니까 "나는 당신을 이렇게나 생각합니다"라는 메시지를 주려면, 정말로 당신을 생각해 보아야 하니까 말이다.

하지만 어렵다고 해서 하지 않을 수 있는 건 아니다. 앞서 설명했던, 직업적으로 겪게 될 곤란 같은 부분들을 차치하고서라도, 꾹 다문 입에 열리는 마음은 없어서이다. 말하지 않는, 환자를 생각해 보지 않는 약사에게 마음을 여는 손님은 없다. 내 앞을 걱정하지 않는 이에게 몸을 기대는 사람도 없다.

그래서 나는 힘들어도 말한다. 출근하는 아내에게 "오늘 비 온다던데?"라고, 처방전을 가져 오는 환자에게 "지금 드시는 약 있으세요?"라고 말이다.

4장

약국에도 감초 같은
사람들이 있다

# 서울남자,
# 스위트 가이

나는 부산에서 태어나 부산에서 자랐다. 초등학교부터 중
고등학교를 거쳐 대학까지 부산에서 나왔다. 서울에서 했
던 군생활을 제외하곤 기껏해야 경남에서 잠깐 살아본,
'네추럴 본' 부산사람이다. 미디어에서 부산사람은 보통
억세게 묘사된다. 악센트가 강한 발음, 무심한 얼굴, 왠지
모르게 거칠어 보이는 모습까지 말이다. 하지만 부산에서
살아온 내가 볼 때 그런 이미지들은 미디어의 과장으로
느껴졌다.

특히 나 스스로는 사투리를 거의 쓰지 않는다고 생각한
다. 육지와 동떨어진 제주도에서도 표준어를 쓰는 세상이

지 않은가. 좋게 말하면 대한민국이 표준화되는 것이고, 나쁘게 말하면 지역의 특색이 점점 사라진다는 얘기다.

그런 나에게 어느 날, 아내가 해준 이야기가 있다.

"의사나 약사는 서울에서 부산으로 내려와 개국하면 더 잘된다고 하네? 여보는 혹시 그런 말 들어본 적 있어?"

무슨 말도 안 되는 소리인가. 사실 서울에서 일하던 의사나 약사가 굳이 부산까지 내려올 일도 거의 없지만, 내려와도 뭐가 다를까? 거기서 일하던 약사들이 지어서 주는 약은 무슨 마법가루라도 된다는 말인가? 시대가 어느 시대인데, 아직도 서울과 지방을 나누는 거야. 이런 선입견은 그냥 지나칠 수 없다. 비록 상대가 아내라 할지라도 말이다.

"그런 말도 안 되는 소리는 어디서 들은 거야?"

"'한의쉼터'에는 그런 얘기 자주 올라오는데? 약사 커뮤니티는 뭐 그런 이야기 없나 싶어 물어본 거야."

한의사로 일하는 아내는 종종 한의사 커뮤니티에서 지식을 구하는데, 그곳에 그런 내용의 글이 올라와 있었나 보다. 처음 그 말을 들었을 때는 말도 안 되는 이야기라고 생각한 채 웃어넘겼다. 그 '스위트 가이'를 만나기 전에는 말이다.

저녁 9시라는 늦은 시간까지 했던 약국을, 아들이 태어난 뒤부터 8시에 닫게 되었다. 초반에는 1시간 일찍 문을 닫는 약국에 불만을 토로하는 단골도 있었다. 하지만 아들이 태어나 아들과 시간을 조금 더 보내고 싶다는 마음을 전하면, 다들 '그렇다면 어쩔 수 없지'라고 수긍하는 분위기였다. 그런 동네 분위기라서 8시쯤에 급하게 약국으로 달려오거나, 7시 55분에 전화를 하고 조금만 기다려 달라고 말하는 손님도 종종 생겼다. 그래서 마감시간이 되어도 서둘러 문을 닫진 않고, 마지막 손님을 기다리다 천천히 마감을 하고는 했었다. 사건이 일어난 그날도 이제 슬슬 마칠까, 라는 생각을 하고 있었다. 문을 닫으려던 찰나에 약국 문이 열리고 한 손님이 들어왔다.

"어서 오세요. 필요하신 거 있으신가요?"

가볍게 목례를 하고 들어온 사람은 30대 중반의 남성이었다. 나는 약국에 오는 손님의 얼굴을 잘 기억하지 못한다. 하지만 그 사람은 특히나 낯설었다. 느낌이 좀 달랐다고 할까. 아마 우리 약국에는 처음 온 사람 같았다.

"안녕하세요, 약사님. 목이 많이 아프다고 하는데 좋은 약이 있을까요?"

내가 근무하는 경남에서는 듣기 힘든 완벽한(!) 서울말

이었다. 미디어에서 그동안 접해왔던 표준말과는 느낌이
또 다른 말, 그러니까 서울에서 군생활을 할 때 익숙하게
들었던 그 말투였다. '아, 이 사람은 서울에서 태어나 서
울에서 자란 서울사람이구나' 하는 생각이 들었다.

"네, 누가 드실 약인가요?"

"저희 아내가 먹을 약입니다. 콧물이나 가래 같은 증상
은 없는데, 목이 많이 따갑고 두통도 있다고 하네요. 좋은
약으로 추천 부탁드립니다."

약국을 운영하는 약사의 입장에서는 무턱대고 제품명
을 말하는 손님보다는, 증상을 설명하며 좋은 약을 추천
해 달라는 말을 선호할 때가 많다. 왜냐하면 "나는 당신
의 전문성을 신뢰합니다"라는 표현으로 받아들여지기 때
문이다. 그래서 단순히 약을 파는 걸 떠나 하나라도 더 도
와주고 싶은, 그런 손님으로 인식된다. 단 두 번 대화가
오갔을 뿐인데, 나는 벌써 이 남자에게 빠져들고 있었다.

"특별한 감기증상은 없는데 목만 따갑고 아프시다면,
목의 염증을 가라앉힐 수 있는 약을 드리겠습니다. 또 두
통을 낫게 하고 목의 염증을 같이 잡기 위해 소염진통제
를 드리겠습니다."

나는 내 말이 조금이라도 더 남자에게 도움이 되었으면

하는 마음으로 말을 이었다.

"커피나 술은 피하시고 미지근한 물을 수시로 드시는
게 좋습니다. 건조하면 목 아픈 게 잘 낫지 않을 수 있으
니, 습도는 약간 높게 유지해 주세요."

보통은 여기까지 이야기하면 결제를 하고 약국을 나간
다. 하지만 이 서울남자, 여기서 끝이 아니다.

"그런데 약사님, 아내가 지금 생리기간인데 그래도 이
약을 먹어도 되나요?"

정말이지⋯ 이가 썩을 것 같은 달달함이었다.

"물론입니다. 소염진통제를 같이 드렸기 때문에 생리통
완화에도 도움이 될 수 있어요. 대신 다른 생리통약은 안
드시는 게 좋습니다. 성분이 겹치거나, 높은 함량으로 복
용하면 예상치 못한 부작용이 생길 수 있습니다."

사실 아내를 위해 약을 사러 오는 남편은 많다. 하지만
내가 약사면허를 얻고 나서 만난 환자 중에서 "아내가 생
리기간인데 괜찮은가요?"라는 질문을 하는 남편은 이 남
자가 처음이었다. 무뚝뚝한 남자들이 즐비한 부산에서 나
고 자란 나에게는 익숙하지 않은 배려였다. 보통 부산이
나 경남에서 아내의 약을 사러 오는 손님들과의 대화는
이렇다.

"이 약 주세요."

"누가 드실 건가요? 지금 이 약은 없고요, 같은 성분의 다른 약이 있습니다. 이거라도 드릴까요?"

"잠시만요, 전화 좀 할게요. 여보세요? 어, 약국 왔는데 찾던 약은 없고 성분 같은 약 있다 카던데, 이거라도 사 갈까? 뭐라고? 아니, 그냥 사 가는 약 무라. 딴 데도 없다 카더라. 어, 어, 그래. 그냥 이거 사 간다. 어~."

하지만 이와 달리 스위트 가이는, 말 한 마디 한 마디에서 아내에 대한 사랑과 배려가 느껴졌다. 물론 나를 포함한 우리 경상도 남편들이 아내를 사랑하지 않는다는 건 전혀 아니다. 하지만 뭐랄까… 이 남자는 아내에 대한 애정 어린 마음이 내 눈에까지 보이는 느낌이랄까.

"같이 먹을 쌍화탕도 구매할 수 있을까요? 좋은 걸로 한 박스만 부탁드립니다."

"네, 쌍화탕은 따뜻하게 해서 드시면 더욱 좋습니다."

쌍화탕까지 '좋은 걸'로 부탁하는 센스. 내가 여자였다면 이런 스위트함에 마음을 열지 않을 수 있었을까. 그렇게 쌍화탕 한 박스까지 계산을 마치고, 그 서울남자는 약국을 나섰다. 스위트 가이가 약국에 남긴 훈훈함이 아직 남아 있던 차에, 다시 문이 열리고 그 남자가 들어왔다.

"혹시 뭐 놔두고 가신 거라도 있나요?"

"아니요, 그건 아니고요. 집에 가서 아내한테 약을 바로 먹일 건데, 쌍화탕 한 병만 따뜻한 걸로 바꿔주실 수 있을까요? 번거롭게 해서 죄송합니다."

"전혀 죄송하실 거 없습니다. 한 병은 온장고에 있는 따뜻한 걸로 바꿔서 드릴게요."

당장 집에 가서 먹을 수 있게 한 병은 따뜻한 걸로 가져가는 저 섬세함! 나는 이 서울남자의 스위트함에 찬사를 보낼 수밖에 없었다. 그래, 아내가 이야기했던 "서울에 살던 의사나 약사가 부산이나 경남에서 개국하면 잘된다" 할 때의 그 서울사람은 저런 스위트 가이를 말하는 것이구나. 이 남자의 부드러운 말투도 좋았지만, 무엇보다 상대를 배려하는 마음을 그대로 드러내는 화법과 태도가 존경스럽기까지 했다. 그제야 아내가 내게 했던 말이 이해가 됐다.

퇴근하고 저녁을 먹으면서 나는 아내에게 그날 만났던 스위트 가이의 이야기를 했다.

"어때, 나도 서울말 쓰는 연습 좀 하면 약국을 운영하는 데 도움이 될까?"

내 말을 듣고 있던 아내는 숟가락을 내려놓고 잠시 침묵하더니 입을 열었다.

"괜히 맘카페에 이상한 소문나기 싫으면 그냥 하던 대로 해."

순간 머쓱해져서 괜히 헛기침만 두어 번 했다.

"어설픈 흉내보다는 본인의 장점을 살려 진심을 다해야 한다"라는 말을 "하던 대로 해"라고 산뜻하게 줄여버리는 우리 아내. '나는 왜 그 남자처럼 스위트하지 못할까'라고 생각하던 차에 아내의 핀잔 섞인 말이 위로로 다가왔다. 그래, 어쩌겠는가. 군생활을 하면서도 바뀌지 않은 말투가, 어느 날 갑자기 바뀔 수는 없다. 서울남자의 다정함은 물론 포근하지만, 부산남자의 속도 그에 못지않게 따뜻하다. 나는 나대로, 그냥 하던 대로, 최선을 다해 사람들을 대할 것이다.

# 사실
# 다 알고 있거든?

.

"약사님. 이번에 처방받아 온 항생제 있죠? 그거 실온에
보관하라고 하셨는데 모르고 냉장고에 넣었어요. 어떡하
죠?"

"일단 처방전부터 확인해 보겠습니다."

소아기관지염에 많이 쓰는 항생제는 2가지가 있다. 바
로 아목시실린과 같은 베타락탐계 항생제와 클래리트로
마이신 같은 마크로라이드계 항생제다. 약물학적인 자세
한 설명은 생략하고, 약 자체만 보면 둘 다 흰색의 시럽
형태다. 그런데 비슷하게 생긴 이 두 녀석은 보관하는 방
법이 완전히 다르다. 아목시실린은 조제한 후에 냉장고에

보관하는 게 원칙이고, 클래리트로마이신은 실온에 보관하는 게 원칙이다. 둘 다 기관지염에 많이 쓰는 항생제다보니 받아 가는 보호자 입장에서는 헷갈릴 때가 많은 것같다.

"음, 받아 가신 약은 반드시 실온에 보관하셔야 합니다. 혹시 냉장고에 넣은 지 얼마나 됐나요?"

"어제 저녁에 아이한테 먹이고 냉장고에 넣은 걸 방금 발견했어요."

이런 케이스로 약국에 문의를 하는 사람들이 굉장히 많다. 냉장고에 보관하는 항생제를 실온에 뒀거나, 실온에 보관하는 항생제를 냉장고에 넣은 경우 말이다. 냉장고에 보관해야 하는 아목시실린은 실온에 오래 두면 색깔이 누렇게 변할 수 있어, 변색되면 다시 처방받으러 오는 손님이 많다. 반면에 클래리트로마이신은 겉으로 봤을 때 아무런 차이가 없어, 그냥 아이에게 먹일까 하다 전화로 문의하는 사람도 있다. 이를테면 이런 식이다.

"정확한 통계가 있는 건 아니지만, 그 정도로 냉장고에 넣어뒀으면 새로 처방을 받으시는 게 좋습니다."

"그러면 병원에 다시 가야 하는 거죠? 혹시 먹이면 아이한테 많이 안 좋을까요?"

사실 보호자 입장에서 아픈 아이를 데리고 병원에 다시 방문하는 것 자체가 꽤나 중노동이다. 나도 한 아이의 아빠라서 그런 마음을 모르는 건 아니지만, 동시에 약사라서 거짓말을 할 수는 없다.

마크로라이드계 항생제는 굉장히 쓰다. 그래서 쓴맛을 가리고자 달달한 맛이 나도록 코팅한다. 다만 코팅을 하다 보니 냉장고에 보관하면 약이 뭉쳐 코팅이 벗겨질 때가 있다. 즉, 실온에 보관해야 하는 약을 냉장고에 넣으면, 약효는 떨어지고 쓴맛은 올라가는 기적의 변화가 일어나는 셈이다.

"그 약이 원래 쓴맛이 나는데요, 냉장고에 보관하면 약효는 떨어지고 맛이 더 쓰게 변합니다. 아마 먹이기 힘들지 않을까요?"

쓴맛이 난다는 나의 말에 그 손님은 병원에 가겠다고 말한 뒤 전화를 끊었다. 아이가 아프면 부모는 정말 힘들지만, 아이에게 쓴맛 나는 약을 먹이는 일 또한 보통 힘든 일이 아니기 때문이다. 그래서 꼼꼼한 소아과의사는 아이가 먹는 약의 맛도 고려하곤 한다.

아이를 키워본 부모는 알겠지만, 맛을 잘 못 느끼는 영유아 때는 우유를 먹이듯 스리슬쩍 약을 먹이기도 어찌어

찌 가능하다. 하지만 미각이 형성되고, 자아가 형성되는 미운 세 살이 되면 밥 먹이는 일조차 보통이 아니다. 하물며 약이라니! 주스에 약을 섞어 먹이려 해도 귀신같이 약의 맛을 느끼고 뱉어버리기 일쑤다.

제약회사도 이런 부모들의 고충을 알기 때문에, 어린이용으로 나온 시럽제제는 주로 달달할 때가 많다. 몸에 좋은 약은 입에 쓰다는 속담도 이제는 옛말이 된 것이다. 대부분 시럽제제가 달콤하지만, 그중 가장 인기 있는 제품은 '딸기약'이라고 불리는 딸기맛 코감기약이다. 어릴 때 나조차 먹은 기억이 있는 걸 보면 긴 역사를 자랑하는 약이다.

사실 아이가 감기에 걸렸을 때 코감기약을 사용해 콧물을 마르게 하는 게 과연 좋은가라는 논란이 있긴 했다. 하지만 아이들은 감기에 걸리면 콧물부터 날 때가 많으며, 콧물 때문에 숨을 못 쉬는 경우도 발생한다. 무엇보다 콧물처럼 눈에 보이는 증상이 이어지면 아이가 낫지 않는다고 생각해 불안해하는 보호자들이 많다. 그래서 딸기약은 약방에 감초처럼 많이 사용하는 약이다. 하지만 기본적으로 약이라서 증상에 따라 처방이 나오지 않을 때도 잦다. 그래서 소아과처방을 조제하는 약국의 대기실에서는 다음과 같은 재미있는 대화를 심심치 않게 들을 수 있다.

"엄마, 오늘 딸기약 나왔어?"

"음, 오늘은 없네?"

"뭐? 그럼 안 먹어!"

저런, 약 드실 분의 보이콧 선언. 보호자의 앞날에 건투를 빈다.


사건이 있었던 그날도 평범한 오후였다. 약국 문이 열리고 작은 그림자 한 쌍이 미끄러지듯 약국으로 들어왔다. 우리 약국에 종종 오는 어린이들이었다. 한 명은 초등학생쯤 되는 남자 어린이고, 한 명은 유치원생 정도로 보이는 여자 어린이였다. 한두 살밖에 차이가 안 나면 자주 싸우겠지만 나이가 꽤 차이 나서 오빠가 동생을 많이 챙겼다. 병원과 약국을 무서워하는 동생을 위해 늘 동생의 손을 꼭 잡고 다니는 착한 오빠다. 그런 아이들이 오늘은 보호자 없이 약국을 찾았다. 처방전을 접수하고 조제실에 들어갔는데, 동생의 앙증맞은 목소리가 조제실 안까지 들렸다.

"오빠, 오늘 먹는 약에 딸기약 들어있어?"

"응, 있을 거야. 걱정 마."

처방전을 살펴보았다. 가벼운 염증에 쓰는 약, 가래를 녹이는 약 그리고 기침약이 끝이다. 딸기약은 없었다. 약사는 처방을 내는 권한은 없어, 특별한 오류가 없다면 처방대로 조제해야 한다. 비록 딸기약이 없어도 말이다.

약을 조제하고 나서 투약대 앞에 섰다. 동생의 이름을 불렀더니 오빠와 동생이 손을 꼭 잡고 다가왔다. 보통 아이들끼리만 약을 받으러 오면 보호자가 함께 왔는지 체크한다. 아이들이 먹는 약의 복약지도는 보호자에게 하는 게 좋기 때문이다.

"어머님이나 아버님은 같이 안 오셨어요?"

"네, 오늘은 저희 둘이 왔어요. 약은 그냥 저한테 설명해 주시면 돼요."

어린 나이인데도 남자아이는 참 야무졌다. 어린이에게 복약지도를 할 때는 간단하게, 중요한 부분만 짚어 천천히 설명한다. 언제 복용해야 하는지, 어떻게 보관해야 하는지 등을 안내하고, 전산봉투 위에 적힌 약국 전화번호에 크게 동그라미를 친다. 나중에 보호자가 편하게 연락할 수 있도록 말이다. 그러던 차에 여자아이가 말했다.

"근데 오빠, 여기 딸기약 들어있어?"

큰일이다. 어떻게 하지….

"응, 있으니까 걱정 마. 그렇죠, 선생님?"

아뿔싸. 가만히 있던 내게 공이 넘어왔다. 순간 약사윤리강령 5조를 준수해서 진실만을 말할 것인지, 아니면 동심을 지켜주기 위해 거짓말을 할 것인지 고민에 빠졌다. 애초에 없는 걸 있다고 하면 나중에 뒷감당은 어떻게 하지? 수많은 생각이 머릿속을 스쳤지만, 환자의 어떤 질문에도 대답까지 3초를 넘기면 안 된다. 망설이는 약사는 환자에게 결코 신뢰를 얻을 수 없다.

"네, 딸기약 들어있어요. 그러니까 우리 친구, 약 잘 먹어야 해요. 알겠죠?"

동생은 웃고, 오빠는 의기양양한 표정을 지은 채 말했다.

"들었지? 약 잘 먹어야 해. 이제 아빠한테 가자."

저지르고 말았다. 거짓말을 한 것이다. 나중에 어떻게 수습해야 할까? 보호자에게 전화가 와서 애가 약을 안 먹는다고 따지면 어떻게 이야기하지? 딸기약 때문에 다시 오려나? 이런저런 생각을 하던 중 약국을 나서던 동생이 한마디를 했다.

"피, 딸기약 안 들어간 거, 다 알고 있거든?"

약사윤리강령을 무시한 나의 결의가 무색해지는 순간이었다. 아이들은 언제나 어른의 머리 위에 있는 것 같다.

# 공적
# 마스크의
# 비극

전 세계 사람들이 가장 많이 죽음에 대해 떠올려 봤던 시기가 있다면 아마 2020년이지 않을까.

　마스크를 사기 위해 약국 앞에 줄지어 있는 사람들, 아랑곳하지 않고 마스크를 쓰지 않는 사람과 그 사람을 벌레 보듯 바라보는 사람들, 전철 속 누군가의 기침소리에 어깨가 움츠러드는 나날들, 뉴스에서 떠드는 천 단위, 만 단위 죽음의 숫자들이 무감각하게 느껴지는 일상들…. 포스트 코로나 혹은 위드 코로나 시기로 접어들었다고 생각되는 오늘날에 돌이켜봐도 2020년은 칠흑 같은 밤의 연속이었다.

코로나가 우리에게 남긴 가장 큰 상흔이 무엇이냐고 묻는다면 나는 타인에 대한 이해를 상실했다는 점을 꼽고 싶다. 코로나 이전, 그래도 세상은 꽤 살기 좋은 곳이었다. 서로는 서로에게 낯설지만 '알아가고' 싶은 사람들이었고, 누군가 콜록거리면 사람들은 잠깐이나마 안쓰러운 눈빛을 비추곤 했다.

하지만 코로나가 터지고 나서부터 우리는 서로들에게 '감염원'에 지나지 않게 되었다. 기침이라도 두어 번 하면 불편하다는 문의가 쏟아졌고, '사회적 거리두기'라는 임무 아래 사람들은 사람들로부터 고개를 돌렸다. 손가락질은 이전보다 더 손쉬워졌다. 선별진료소에서 녹초가 된 채 앉아있는 의료인의 모습과 북적거리는 번화가에서 술잔을 기울이는 사람들의 모습이 오버랩되면서 윤리와 무능, 불가해와 부끄러움이 마구 뒤섞인 채 떠올랐다.

마스크를 썼는데도 이전에는 볼 수 없었던 사람들의 맨얼굴이 드러나게 되었다.

약국은 코로나 사태의 최전방이었고, 나는 코로나로 인해 탄로 난 여러 맨얼굴을 직접 대면하게 되었다. 솔직히 사태가 벌어진 직후에는 별다른 걱정을 하지 않았다. 사스나 메르스처럼 코로나 역시 지역감염 수준에서 통제되어 금방 끝날 줄 알아서였다. 메르스 사태가 벌어졌을 때, 구색을 맞추려고 매대에 두었던 손소독제가 순식간에 소진됐던 적이 있다. 그래서 코로나도 마스크를 다 팔라고 하늘이 내려준 기회가 아닐까 하는 나쁜 생각도 잠시 했었다.

하지만 코로나는 하루가 다르게 널리 퍼지더니 무려 교과서에서나 보던 세계적인 대유행, 팬데믹을 선언하기까지 이르렀다. 박스로 쌓아뒀던 위생용품이 순식간에 동나고, 엎친 데 덮친 격으로 마스크 원자재 수출이 제한되자 시중에 유통되는 마스크 역시 줄어들기 시작했다.

이런 복합적인 상황에 정부가 개입했다. 마스크를 수급하고 가격을 안정화하고자 국가에서 마스크를 유통하는 데 직접적으로 참여하는, 공적 마스크 제도를 시행한 것이다. 약국에서 개별적으로 소비자에게 판매하기로 결정되었고, 우려의 목소리도 빗발쳤다. 하지만 나는 약사로서 국가적인 어려움에 조금이나마 도움이 될 수 있다는 사실에 기뻤다. 의료인이 아니라 선별진료소에서 의료봉사를 할 수는 없었지만, 약사의 직능으로 지역사회에 마스크를 원활히 공급해 재난을 헤치는 데 기여한다는 자부

심도 생겼다. 그래, 처음에는 말이다.

누가 짐작이라도 했을까? 마스크를 쓰지 않으면 불법이 되는 사회를 말이다. 그리고 그 마스크조차 줄을 서서 사는 세상을 말이다. 모두에게 처음인 이 전대미문의 사태는 당연히 매끄럽게 돌아가지 않았다.

초반에는 마스크를 중복해서 구매하는 행위를 막을 수단이 없어 한 사람이 여러 약국을 전전하며 마스크를 싹쓸이하는 현상이 발생했다. 어떻게 알았는지 의약품을 배송하는 차량까지 알아내 따라다니며 약국을 돌아 마스크를 구매하는 사람도 있었다. 당연하다면 당연하겠지만, '내가 싹쓸이하면 누군가는 마스크를 쓰지 못할 수도 있다'는 생각은 사람들의 머릿속에 오래 남지 못했다.

그러던 중 국민신문고에 어떤 약사님이 아이디어를 제시했다. 중복해서 마스크를 구매하는 일을 막는 시스템을 도입하자는 의견이었다. 대부분 약국은 의약품안전사용서비스 및 수진자 자격조회시스템을 갖추고 있어 주민등록번호를 이용하면 충분히 중복구매를 방지할 수 있다는 견해였다.

당시 약사들 사이에서 찬반여론이 첨예하게 대립했다. "약국이 바쁜데 언제 주민등록번호를 일일이 확인해서 마스크를 팔 수 있느냐"라고 반대하는 의견과, "그래도 공적 마스크 제도를 시행했으면 모두에게 공정하게 마스크가 돌아가는 게 맞지 않느냐"라고 찬성하는 의견이 팽팽하게 맞섰다.

결국 정부는 강력한 의지를 가지고 마스크를 거듭해서 사는 행동을 막기로 했다. 그러니까 공적 마스크 5부제를 시행한 것이다. 약국의 비극은 여기서부터 시작이었다.

주민등록증 같은 신분증으로 본인임을 확인하고, 주민등록번호를 도입한 시스템에 입력한다. 그 주에 마스크를 사지 않았다면 시스템에 정보를 저장할 수 있고, 구매했다면 언제, 어느 약국에서 마스크를 샀던 건지 알 수 있다. 이 제도는 단순해 보이지만 과정은 절대, 결단코 매끄럽지 않았다.


공적 마스크 5부제는 태어난 연도 끝자리에 따라 본인이 마스크를 구매할 수 있는 요일이 정해져 있었다. 하지만 제 날짜에 맞추어 방문하지 않는 사람들이 많았다. 필요한 신분증을 두고 오는 사람 역시 허다했고, 시스템상에 입력을 할 수 없음에도, 주민등록번호를 알려주기 싫어 말하지 않는 사람도 많았다. 그리고 이 모든 과정을 약국을 운영하면서 동시에 처리해야 했는데, 마스크를 판매하는 시간이 다가오면 약국은 늘 아수라장이 되었다.

정말이지, 공적 마스크 판매를 포기하고 싶은 순간은 셀 수 없이 많았다. 봉사하는 마음으로 공적 마스크를 공급하는 일에 동참한 취지까지는 좋았다. 하지만 약국을 운영하기 힘들 정도이니, 판매를 계속해야 하나 고민하고 또 고민했다. 그래서 도매상 담당자에게 공적 마스크 공급을 중단하면 어떻게 되는지 물어보자, 이런 대답이 돌아왔다.

"이게 의무는 아니라서 공급을 받지 않겠다고 요청하시면 중단할 수 있습니다. 다만 그러면 약사님 지역으로 들어갈 마스크 수량이 다른 지역으로 할당될 거에요."

내가 포기하면 우리 지역에 들어올 마스크가 다른 지역으로 가게 된다니…. 어떻게 해야 하지….


뿐만 아니라 공급되는 마스크 역시 문제가 많았다. 여러 장의 마스크가 함께 포장되어 오는 경우, 한 명이 하루 종일 마스크를 두 장으로 다시 포장해야 했다. 정부에서는 포장을 다시 하는 인력은 물론, 소분할 때 필요한 물품조차 지원하지 않았다. 이에 대해 약사들의 불만이 심해

지자 그제야 정부는 비닐장갑과 소분용 OPP 비닐을 지급했다.

비닐장갑을 제공하자는 아이디어를 낸 사람에게 묻고 싶다. 한 번이라도 비닐장갑을 끼고 마스크를 소분해 보았는지 말이다. 물론 맨손보다야 청결하겠지. 하지만 비닐장갑을 끼고 OPP 비닐의 스티커를 뜯으면 비닐장갑이 스티커에 달라붙는다. 결국 무용지물, 약국은 자체적으로 해왔던 대로 라텍스 장갑을 끼고 작업을 했다.

정부의 맨얼굴만 봤던 건 아니다. 우리 약국은 오후 3시부터 공적 마스크를 판매했는데, 보통 30분에서 1시간 전부터 사람들이 줄을 서기 시작했다. 약국은 공적 마스크 판매 외의 일도 해야 하고, 기다리는 사람들을 모두 약국 안으로 들일 만큼 넓지도 않다. 하지만 날씨는 제법 쌀쌀했고, 개중에는 추운 날씨에 밖에서 기다리느라 마스크를 사는 순간부터 화가 난 사람도 있었다. 그래, 거기까지는 이해할 수 있었다.

"젠장, 내가 겨우 마스크 두 장 사려고 추운데 밖에서 기다렸네."

가끔 약국에 들리면, 언제나 예의 바른 인사를 건네던 청년이 마스크를 받자마자 내 앞에서 뱉었던 말이다. 분명 좋은 취지에서 하고 있는 일임에도, 어쩐지 그 말을 듣자마자 사람들이 약국 앞에 줄을 서고 있는 게 내 탓인 것만 같이 느껴졌다. 또 밖에서 기다리는 사람 중 혹시 있을, 우리 약국을 웃으며 방문했던 또 다른 손님 역시 저렇게 생각하고 있는 건 아닐까 하는 생각이 들자 다 포기하고 싶었다. 집에 와서는 잘 먹지도 않는 술을 마시면서, 내가 하는 행동이 정말 욕을 먹을 정도로 잘못된 것인지 생각하고 또 생각했다.

본성이 튀어나오는 순간이 언제인지 물으면 사람들은 흔히 '힘들 때'라고 답한다. 유례없던 전염병이 전 세계를 할퀴면서 나는 여러 기관과 단체와 개개인의 맨얼굴을 마주하게 되었다. 그리고 내가 알지 못했던, 또 다른 나의 얼굴도 바라보게 되었다.

여태까지 나는 약국을 운영하면서 항상 주민들의 도움을 받고 있다고, 그래서 어떤 어려움이 닥치더라도 그들의 신뢰를 저버리지 않을 것이라고 막연히 생각했다. 그러나 도매상 담당자에게 받아든, 취소 방법을 체크해 놓은 안내문 앞에서 나는 한참을 망설였다. 그리고 욕지거리를 들었던 그날도, 휴대전화를 들었다 놓았다 하면서 내내 고민했다.

결론적으로 공적 마스크 공급을 포기하지는 않았다. 아니, 어쩌면 내가 포기하기 전에 공적 마스크 제도가 끝난 것이라고 말할 수도 있겠다. 약사 역시 직업이니까, 그러니까 먹고살기 위해 하는 일이니까 말이다.

하지만 밤새 마스크를 포장했던 날들이, 웃으며 마주했던 사람들과 얼굴을 붉혀야만 했던 시간들이 모두 부질없었던 것은 아니다. 적어도 버텼던 어려움만큼은, 내가 약사 일과 약국을 찾아오는 사람들을 좋아한다고 말할 수 있으니까.

그래, 이제는 확실히 말할 수 있다. "저는 약사 일이, 약국에서 일하는 게 좋습니다"라고 말이다.

## 약 공급책
## 할머니

바야흐로 백세시대다. 그래서일까, 개국 초에 우리 약국은 어린이들의 목소리로 떠들썩했지만 요즘은 어르신 환자들도 많이 늘었다. 개중 일부는 보행 보조기를 이용해 우리 약국을 방문하시는데, 여기서 이야기할 할머니 역시 그중 한 분이다.

할머니를 처음 뵌 날이 생각난다. 허리는 굽으셨고, 보행 보조기에 의지해 걸으시지만, 어딘가 걸음에서 힘이 느껴지는 분이었다. 할머니가 가지고 다니는 보행 보조기는 바퀴가 달려있어 뒤에서 잡고 걸을 수 있었다. 그리고 앞부분에는 의자가 있어, 걷다가 잠시 앉을 수도 있었다.

또 의자를 젖히면 수납공간도 있어 나름 실용적이기까지
했다. 그 보행 보조기를 끌고 약국을 방문하셨던 할머니
는 내게 웬 약통 하나를 내미셨다.

"약사 양반, 이 약 있는가?"

할머니가 건네신 약은 우리 약국에서도 취급하는 소염
진통제였다. 그다지 선호하는 성분이 든 제품은 아니었지
만, 영업사원의 권유로 종종 판매하던 제품이다.

보통 어르신들은 이전에 복용했던 약을 꾸준히 드실 때
가 많다. 그래서 이런 식으로 약통을 꺼내 보여주시곤 한
다. 하지만 같은 회사의 제품이 없을 때가 빈번한데, 그래
서인지 보여주시는 약이 약국에 있노라면 퍽 반갑다.

"네, 어르신. 저희 약국에 있는 제품이네요. 똑같은 걸
로 드릴까요?"

내 대답에 할머니는 밝은 얼굴로 안도하며 대답하셨다.

"아이고, 여기는 있구먼. 이 동네에는 이거 파는 데가
잘 없네. 그래, 다섯 통 챙겨줘."

다섯 통? 내 안에 있는 장사꾼의 자아가 환호성을 외치
려던 순간, 약사로서의 자아가 튀어나와 장사꾼을 저지했
다. 영양제나 의약외품 같은 소모품이라면 군말 없이 드
려도 문제가 없다. 다만 얼핏 봐도 연세가 많아 보이시는

어르신이 진통제를 한꺼번에 많이 사 가신다면 반드시 확인해 보아야 한다. 약을 영양제마냥 가볍게, 자주 드실 때가 많아서다.

"어머님, 다섯 통 드리는 건 어렵지 않은데, 이건 너무 많이 드시면 좋지 않아요. 한두 통만 가져가시고, 다음에 지나가시다가 또 오시는 게 어떨까요?"

당장의 매출보다는 걱정을 통해 환자에게 얻는 신뢰가 더 중요하다. 그리고 경영인의 입장에서도 환자를 한 번이라도 더 약국으로 나오도록 하는 게 유리하다. 내 안의 약사와 장사꾼이 사이좋게 손을 잡는 게 느껴졌다.

"어이구, 약사 양반. 내가 그거 혼자 다 먹어서 뭐 하게? 나이가 드니 한 번씩 관절이 아픈데, 그럴 때 이거 먹으니깐 좋더라고. 그래서 내가 노인정 친구들이랑 같이 먹으려고 하는 거야. 이래 뵈도 우리 노인정에서 내가 제일 잘 돌아다니거든."

보행 보조기를 이용하지만 본인이 노인정에서 가장 기동성이 좋다고 강조하시는 할머니. 그렇다. 할머니는 노인정에 진통제를 공급하는, '약 공급책'이셨던 것이다. 덕분에 웃으면서 할머니께 약을 드렸고, 그 뒤로 할머니가 오실 때를 대비해 약이 모자라지 않게 재고를 잘 유지하고 있었다. 우리는 말하지 않아도 서로가 할 말을 알고 있었다. "늘 먹던 걸로"라고 말하는 고객과 그 고객에게 잔을 건네는 바텐더의 관계랄까.

할머니에게 정기적으로 약을 드리면서 다른 환자들한테도 그 진통제를 건네곤 했다. 흔히 제약회사의 최소 주문량은 100개 이상이다. 그래서 할머니가 아무리 노인정에 공급을 하시더라도, 할머니에게만 약을 드리면 유통기한 내에 제품을 소진할 수가 없다.

그렇게 할머니가 찾으시는 진통제를 본격적으로 취급하던 어느 날, 문제가 발생했다. 새로 들어온 진통제의 포장이 바뀐 것이다. 그래, 보통 포장이 바뀐 점은 좋은 신호다. 그만큼 제약회사에서 이 제품을 신경 쓰고 있고, 나아가 시시각각 바뀌는 트렌드를 따라잡고자 디자인에까지 투자한다는 이야기니 말이다. 나도 디자인이 깔끔하게 바뀌면 '오, 괜찮은데?'라고 생각해 주문량을 늘릴 때도 있다.

하지만 연세가 많은 어르신들이 꾸준히 찾으시는 약이라면 말이 다르다. 포장만 바뀐 제품을 다른 제품으로 생각하실 때가 있어서다. 혹시 제약회사에 포장이 바뀌기 전 제품이 남아있지 않을까 하는 생각으로 영업사원에게 카카오톡을 보냈다.

-안녕하세요, 담당자님. 이번에 주문한 제품이 들어왔는데, 디자인이 완전히 바뀌었네요?

조금 있다 자신감이 뚝뚝 흘러넘치는 답장이 왔다.

-네, 약국장님! 이번에 본사에서 디자인에 투자를 한 거 같습니다. 완전 새로워져서 젊은 환자분께도 권하기도 좋아졌다는 평이 많네요. 약국장님들이 다들 좋아하시더라고요! 하하.

쩝… 찬물을 끼얹기는 싫지만, 내가 필요한 건 포장이 바뀌기 전 제품이었다.

-그래서 말인데… 혹시 포장 바뀌기 전 제품을 구할 수 없을까요? 이거만 계속 드시는 분이 있는데 포장이 바뀐 걸 알면 싫어하실 거 같아서요….

영업사원은 한참 동안 대답이 없다가 내게 전화를 했다.

"약국장님, 본사랑 공장 쪽에 알아봤는데, 재고는 이제 없다고 합니다. 약국장님도 아시다시피 연질캡슐은 유효기간이 짧지 않습니까. 제가 조금 더 알아보긴 할 건데, 아마 구하기 힘들 거 같습니다. 죄송합니다."

우리가 일반적으로 먹는 알약은 보통 3년 정도의 유효

기간으로 허가를 받는다. 반면에 할머니가 드시는 약 같은 연질캡슐, 즉 안에 액체가 들어간 캡슐은 기본으로 2년으로 허가를 받고, 시장에 충분히 정착하면 다시 시험을 거쳐 3년으로 유효기간을 늘릴 수 있다. 즉, 일반적인 연질캡슐은 유효기간이 2년, 거기다 공장에서 생산하고 보관하다 약국에 들어오는 시간까지 감안하면 보통 1년 내외다.

그래서 제약회사도 한 번에 많은 양을 생산해 보관하지 않고, 필요한 만큼 생산해 약국에 공급한다. 그러다 보니 포장이 바뀌기 전 제품이 소진되면서 동시에 새롭게 포장한 제품이 나오는, 깔끔한 세대교체가 이루어진다.

아, 이제는 방법이 없다. 정면으로 돌파할 수밖에. 그렇게 포장이 바뀐 진통제를 가지고 할머니가 오시기를 기다렸다.

그러던 어느 날, 드디어 할머니께서 다시 약국에 방문하셨다. 언제나처럼 보행 보조기에 몸을 맡기셨지만, 그 기운은 건재하셨다. 마른침을 꼴깍 삼키고 할머니께 사정을 설명했다.

"어머님, 진통제 사러 오셨지요? 그런데 늘 드시던 제품의 디자인이 바뀌었어요. 똑같은 회사에서 나온 똑같은 제품인데요, 껍데기만 바뀌었습니다. 완전히 같은 약이에요."

말을 끝내고 할머니를 쳐다봤지만 대답은 없었다. 아, 고객과 바텐더의 관계도 오늘이 끝인가. 그런데 잠깐의 침묵 후, 걱정이 무색할 정도로 할머니는 쿨하게 상황을 받아들이셨다.

"그래? 약사 양반이 그렇다면 그런 거겠지, 뭐. 다섯 통 줘."

감사합니다, 할머니! 제 마음을 이해해 주셨군요. 그래요, 우리가 얼마나 오래 봐왔는데 설마 제가 할머니를 속이겠습니까.

그동안 할머니께 약을 드리면서 우리 사이에도 라포르가 형성되었나 보다. 그 뒤로도 할머니는 몇 번 더 약국을 방문하셨다. 언제나처럼 우리는 묵묵히 진통제 다섯 통과 돈을 교환하는 일을 반복했다.

그러던 어느 날, 보행 보조기를 끌고 온 할머니의 발걸음이 뭔가 다르게 느껴졌다. 약국에 들어오신 할머니와 인사 후 별말 없이 약을 꺼내는데, 할머니가 지갑 대신 약통 하나를 꺼내신다.

"내가 늘 먹던 게 이건데, 이건 없나 봐?"

순간 할머니와 쌓아온 지난 수개월간의 신뢰가 무너지는 소리가 들렸다. 이럴 수가, 늘 오시던 할머니와 다른 분인가? 아닌데, 보행 보조기도 같은데? 여태 별말씀 없으시다 갑자기 왜 이러시지? 아니, 그런데 포장이 바뀌기 전 제품은 어디서 구하신 걸까? 온갖 생각이 오가는 가운데 힘들게 입을 열었다.

"하하…, 어머님 왜 그러세요…. 이거 포장 바뀐 거 제가 전에 말씀드렸잖아요. 그 뒤로 쭉 새로 포장된 제품으로 가져가셨고요."

내 말이 끝나기 무섭게 할머니께서 역정을 내신다.

"그게 무슨 소리야! 내가 맨날 먹던 게 이건데! 없으면 없다고 하면 되는 거지, 그게 무슨 말도 안 되는 소리야?"

할머니가 약을 사지 않으시는 건 어쩔 수 없지만, 순간 사기꾼 취급을 받은 것 같아 마음이 불편했다. 당장 약 몇 통을 판매하지 못하는 것보다, 할머니의 오해로 우리의 신뢰가 무너져 내린다는 사실이 참기 힘들었다.

"진정하세요, 어머님. 제가 어머님한테 거짓말해서 뭐 하겠어요?"

"이거, 이 약국 안 되겠구먼. 됐어!"

그렇게 할머니는 본인이 드시던 약만 챙기시고는 거칠게 약국 문을 여셨다. 그 뒤로 약국 앞으로 종종 다니시는 할머니를 보았지만, 약국 쪽으로는 눈길 한 번 주지 않으셨다. 지나가는 할머니의 팔목을 붙잡고 억지로 약국으로 모실 수는 없기에 나는 그냥 현실을 받아들이기로 했다.

할머니, 우리 약국 안 오셔도 되니 오래오래 건강하세요. 지금 가시는 약국에 포장 바뀌기 전 제품이 다 떨어진다면, 우리가 다시 만날 수 있을까요? 저는 여기, 이 자리에서 기다리겠습니다.

**우주의**
**중심에**
**놓는**

한 사람이 다른 누군가를 완전하게 이해한다는 게 가능할까? 그러니까 약을 건네는 사람이 약을 받아 가는 사람을, 월급을 주는 사람이 월급을 받는 사람을, 건강한 사람이 움직이기 불편한 사람을 온전히 이해할 수 있는지 묻는 말이다.

요즘은 공감이 능력이라고들 말한다. 물론 남의 생각이나 느낌을 자신의 생각이나 느낌처럼 받아들일 수 있다는 건 분명 커다란 힘이다. 하지만 병원을 거쳐 약국으로 오기까지 나를 지나쳤던 무수한 사람들을 겪어본 나는, 왠지 사람들이 점점 더 그 능력을 잃고 있다고 느낀다.

"난 그런 건 모르겠고"라고 말하며 제 주장만 꿋꿋이 들이미는 사람부터 "그래서 어떻게 하라는 건데요?"라고 물으며 나를 무안하게 만드는 이까지, 자신을 우주의 중심에 놓고 타인을 그 언저리를 떠도는 위성마냥 대하는 사람들이 많아졌다.

오직 나 혼자만 느끼는 기분이면 좋으련만 그렇지가 않나 보다. 뉴스나 인터넷을 보면 더욱 체감된다. 지역갈등이 잠잠해지나 싶더니 그 자리를 젠더갈등이 대체하고, 유사 이래 끊이지 않았던 세대갈등은 지금이 절정인 것처럼 보인다.

세상이 편리해져서일까? 사람들은 내가 서있는 여기에서 구태여 다른 이들이 있는 저기를 바라보려고 하지 않는다. 그렇게 모르니까 알기 싫고, 알기 싫으니 모르는 굴레가 이어지면서 사람들 사이의 크레바스가 점점 더 넓어지는 게 아닐까.

언젠가 허를 차면서 '그래도 나 정도면 열려있는 사람이지'라는 생각을 잠시 한 적이 있다. 그리고 그 생각은 어이없는 사건으로 착각인 게 밝혀졌는데, 그건 바로 친구가 준 '트렌드 능력고사' 때문이었다.

비장한 각오로 도전했지만 점수는 가관이었다. '저메추'가 저평가된, 메이저 리거, 추신수가 아니란 말이야? 또 '주불'이 주꾸미, 불고기가 아니라고…? 진짜 별 이상한 말을 잘도 지어서 쓰는구나. 채점을 하면서 구시렁거리고 있었는데 생각 하나가 머리를 스쳐 지나갔다. 어느새 나도 새로운 것을 받아들이기 싫어하는, 닫힌 사람이 되어버린 건 아닐까 하는 생각 말이다.

흰머리가 희끗하고 이마에는 주름이 깊게 팬, 나이 든 사람만이 매사에 닫혀있다고 여기기 쉽지만 그렇지는 않다. 사람들은 본능적으로 익숙한 걸 선호하고 새로운 것을 경계한다. 나이가 들수록, 익숙한 것이 많아질수록 그런 모습이 도드라질 수는 있겠지만, 나이가 적다고 해서 새로운 걸 거리낌 없이 수용할 수 있는 건 아니다.

새것을 받아들이는 문제는 뒤로 미루고, 먼저 필요한 건 그것을 편견 없이 바라보는 힘이라고 생각한다. 그러니까 내가 알고 있는 걸 전부라 생각하고 우주의 중심에 놓지 않는 것, 내가 있는 곳만 쳐다보지 말고 옆자리를 슬며시 살펴보는 자세 말이다.

내가 아는 말들은 3040 세대의 언어다. 1020 세대의 말은 잘 알지 못한다. 그래도 그들이 쓰는 말을, 국어파괴 같은 고상한 이유를 들어 괴팍한 외계인의 언어쯤으로 여기고 싶지는 않다. 한 세대는 언제나 그들만의 언어를 향유해 왔으니까 말이다. 물론 내가 그들의 말을 적극적으로 활용하기는 어렵겠지만.

5060 세대 역시 그들만의 언어체계를 갖추고 있다. 그리고 흔히 약국을 가장 많이 찾는 세대가 5060 세대다. 그래서 약사는 그들의 언어를 잘 이해하기 위한 훈련이 필수적이다.

게다가 나처럼 지방에서 약국을 한다면, 어느 정도는 사투리를 이해하고 있어야 한다. 한번은 울산에서 약국을 운영하는 친구가 내게 이야기한 적이 있다.

"그런데 우리 약국에는 탈북한 어르신들이 많이 오는 거 같더라."

친구가 운영하는 약국은 평범한 동네에 있는 평범한 약국이다. 내가 모르는 사이에 울산에 탈북자가 모여 사는 마을이라도 생겼나?

"왜 그분들이 탈북했다고 생각하는 거야? 수진자 자격 조회시스템 찾아보면 알 수 있나? 그 사실을 본인들이 말하고 다니진 않을 것 같은데?"

수진자 자격조회시스템이란 건강보험 자격이 있는지 조회할 수 있는 시스템을 말한다. 처방전을 가지고 약국을 방문하면 약사는 이를 통해 건강보험 자격이 있는지, 지금 건강보험의 상태가 어떤지 반드시 조회해야 한다. 또 이 시스템으로 환자의 여러 가지 정보를 살펴볼 수 있는데, 그중에는 건강보험 이외에 추가로 의료비가 지원되는 국가 유공자나 차상위 계층 혹은 의료급여 여부 등도 포함된다. 마찬가지로 탈북자에게 적용되는 별도의 코드가 기재되었을 수도 있다 생각하니 나름 납득이 되었다.

"아니, 그런 건 아니고. 약 받아 가실 때 그냥 말씀하시던데?"

"어떻게?"

"'남한사람은 다니기도 힘드네'라고 말이야. 우리는 서로를 남한사람이라고 부르지는 않잖아?"

아, 그제야 전후사정이 정확히 이해됐다. 친구가 들었다는 표현은 남한사람이 아니라 '나만사람'이다. 나만사람은 부산이나 경남 쪽 사투리의 한 종류로, 조금 더 정확한 발음은 '나~만~사람'이다. 뜻은 '나이 많은 사람'이다. 즉, 어르신들이 스스로를 3인칭으로 지칭할 때 사용하시는 사투리인 셈이다. 이를테면 "나~만~사람 약을 헐케 줘서 억수로 좋네"라는 말씀은 "나이 많은 사람은 약값이 싸서 정말 좋다"는 뜻이다.

부산이나 경남에서 나고 자란 사람이라면 한 번쯤은 들어봤을 표현일 텐데, 울산에서 나고 자란 내 친구는 약국을 운영한 지 5년이 넘어가는 시기에 이 사실을 깨달았다. 그런데 사실 나도 마냥 친구를 비웃지는 못하는데, 왜냐하면 나에게도 비슷한 경험이 있어서다.


약국을 개국하고 1년이 채 되지 않은 어느 날, 할머니 한 분이 약국으로 들어오셨다.

"네, 어서 오세요."

"약사 양반. 내가 요 며칠 동안 기침이 심해 밤에 잠을 잘 못 잔다. 약이 좀 있나?"

어느 정도 연세가 있으신 분들은 이처럼 야수(夜嗽)증상을 자주 호소하신다. 할머니와 몇 번의 문답이 오갔고, 알맞은 약을 꺼내드리려던 찰나, 할머니가 한마디를 더 보태셨다.

"근데, 약사 양반. 나는 신약 먹으면 속 쓰려서 안 돼. 신약 주면 안 돼."

'신약'이라…. 약은 맛으로 먹는 게 아닌데? 비타민C

같은 걸 생각하시는 건가? 하긴 가루로 된 제품을 녹여 먹으면 신맛이 날 수도 있겠지.

"네, 어머님. 제가 드리는 건 신약이 아니니 걱정 안 하셔도 됩니다."

할머니는 내가 꺼내드린 약을 잠시 머뭇거리며 살피시더니 이내 계산을 하고 약국을 나서셨다. 그때 그 머뭇거림에서 무언가를 느꼈어야 했는데, 당시에는 그러지 못했다. 그리고 며칠 정도 지났을까. 할머니가 다시 약국을 방문하셨다.

"어서 오세요. 어머님, 또 오셨네요. 기침은 좀 어떠세요?"

사람의 얼굴을 잘 외우지는 못하지만, 신약을 주면 안 된다고 말씀하시는 분은 드물어서 기억하고 있었다. 반갑게 인사를 드렸는데, 할머니는 나의 인사에는 대꾸하시지도 않고 상기된 얼굴로 약통을 투약대에 툭 던지셨다.

"약사 양반, 내가 신약은 안 된다고 했는데…. 내가 이거 먹고 하도 속이 불편해서 아들한테 물어봤는데, 이거 신약이라 카대! 이게 어찌된 거고?"

아, 그제야 할머니의 말뜻을 이해했다. 할머니에게 약은 옛날에 먹던 한약(韓藥)과, 지금 곧잘 먹는 신약(新藥)

으로 나뉘어 있던 것이다. 그리고 할머니는 신약은 속 버리는 약이라는 믿음이 확고하셨다. 물론 신약 중에는 위장장애를 유발하는 약도 있지만, 적어도 내가 권해드린 약은 위장장애가 심하지 않은 약이었다.

하지만 어쩌겠는가. 환자가 약을 먹고 부작용을 느낀 건 사실이고, 할머니의 말을 확실히 이해하지 않고 약을 권한 것 역시 사실이니 말이다. 결국 할머니께 사과를 드렸고, 남은 약도 환불해 드렸다. 그리고 한약제제가 주성분인 기침약을 다시 드렸다.

이 사건 이후로 상담할 때 이해하지 못하는 단어가 나오면 꼭 다시 한번 물어본다. 그 과정에서 내가 잘 몰랐던, 환자들이 사용하는 단어를 배우기도 한다. '생목이 올라온다'라는 표현도 환자와의 대화 도중에 배울 수 있었다. 속이 더부룩하고 신물이 올라온다는 뜻인데, 놀랍게도 '생목'이라는 단어는 표준어였다. 어학사전에도 나오는 단어를 몰랐다니, 약사이기 전에 한국인으로서 부끄러웠다.

그런가 하면 아직도 뜻을 정확히 모르는 단어가 있다. '마친다'라는 표현인데, 보통은 '속이 더부룩하고 답답하다' 정도의 의미로 많이 사용한다. 이를테면 "어제 저녁에 뭘 잘못 먹었는지 속이 자꾸 마쳐요"라는 식으로 사용하는 표현이다. 그런데 간혹 이 마친다라는 말을 특이하게 사용하는 어르신이 있다.

"약사 양반, 내가 여기 무릎관절이 자꾸 마치는데 뭘 먹으면 좋은가?"

"무릎관절이 아프신 건가요?"

"아니. 마치는 게 아니라 마~친다고."

아픈 것도, 쓰린 것도, 저린 것도 아니라고 하신다. 그러니까 아프고 쓰리고 저린 느낌이 중첩된, 복합적인 불편함을 말씀하시는 것 같다. 이런 단어들의 뜻을 정확히 알고 이해해 나가는 일은, 이 동네의 약국을 책임지는 내게 앞으로 남겨진 숙제다.

어쩌면 누군가를 완전히 이해한다는 건 영영 불가능할 수도 있다. 나는 당신이 아니고 당신도 내가 아니니까, 칼에 베어 생긴 타인의 상처보다 종이에 베인 내 상처가 더 아플 수밖에 없으니까 말이다.

그래도 그게 어렵다는 사실을 알더라도 포기해 버린 채, "난 그런 거 모르겠고"만 외치고 싶지는 않다. 혼자 살 수 없는 세상에서 혼자 살기를 택하기 보다는 쭈뼛쭈뼛한 몸짓일지언정 사람들에게 다가가고 싶다. 약을 받아가는 사람, 불편함을 가지고 있는 사람, 나와 다른 세대의 사람들에게 진심으로 공감하지는 못하더라도, 그 사람들을 각자 우주의 중심으로 바라볼 수 있는 사람이, 약사가 되고 싶다.

일하는사람 #014

# 약 건네는 마음

초판 1쇄 인쇄  2023년 12월  4일
초판 1쇄 발행  2023년 12월 15일

지은이 | 김정호
발행인 | 강봉자, 김은경

펴낸곳 | (주)문학수첩
주소 | 경기도 파주시 회동길 503-1(문발동 633-4) 출판문화단지
전화 | 031-955-9088(마케팅부), 9536(편집부)
팩스 | 031-955-9066
등록 | 1991년 11월 27일 제16-482호

홈페이지 | www.moonhak.co.kr
블로그 | blog.naver.com/moonhak91
이메일 | moonhak@moonhak.co.kr

ISBN 979-11-92776-91-0  03810

*파본은 구매처에서 바꾸어 드립니다.